とんでもスキルで異世界放浪メシ
9 ホルモン焼き×暴食の祭典
江口 連
author • Ren Eguchi
イラスト • 雅
illustration • Masa

『おい、何で我が小童どもの面倒を見んといかんのだ？』
フェル
ドラちゃん

ムコーダ
スイ

ニンリル
キシャール
『前よりも太って、頬なんかプニプニよ』

とんでもスキルで異世界放浪メシ

9

ホルモン焼き
×
暴食の祭典

江口 連
author Ren Eguchi
イラスト 雅
illustration Masa

前回までのあらすじ

胡散臭い王国の「勇者召喚」に巻き込まれ、剣と魔法の異世界へと来てしまった
現代日本のサラリーマン・向田剛志（ムコーダ）。
どうにか王城を出奔して旅に出るムコーダだったが、
固有スキル『ネットスーパー』で取り寄せる商品やムコーダの料理を狙い、
「伝説の魔獣」に「女神」といったとんでもない奴らが集まってきては
従魔になったり加護を与えたりしてくるのだった。
カレーリナの街で購入したマイホーム（大豪邸）での
穏やかな生活も落ち着いた頃、フェル達に押し切られて
ダンジョンへ行くことを決めるムコーダ。
すっかり打ち解けた奴隷達に留守を任せ、
ドロップ品が肉だらけの「肉ダンジョン」があるという
ローセンダールの街へ出発するが……？

固有スキル
『ネットスーパー』
いつでもどこでも、現代日本の商品を購入できるムコーダの固有スキル。購入した食材にはステータスアップ効果がある。

人物紹介

ムコーダ一行

ドラちゃん

従　魔

世にも珍しいピクシードラゴン。小さいけれど成竜。やはりムコーダの料理目当てで従魔となる。

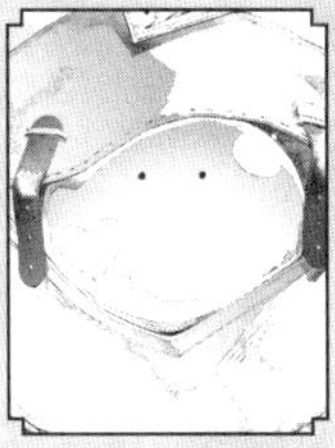

スイ

従　魔

生まれたばかりのスライム。ごはんをくれたムコーダに懐いて従魔となる。かわいい。

フェル

従　魔

伝説の魔獣・フェンリル。ムコーダの作る異世界の料理目当てに契約を迫り従魔となる。野菜は嫌い。

ムコーダ

人　間

現代日本から召喚されたサラリーマン。固有スキル『ネットスーパー』を持つ。料理が得意。へたれ。

神　界

ルサールカ

神　様

水の女神。お供え目当てでムコーダの従魔・スイに加護を与える。異世界の食べ物が大好き。

キシャール

神　様

土の女神。お供え目当てでムコーダに加護を与える。異世界の美容品の効果に魅せられる。

アグニ

神　様

火の女神。お供え目当てでムコーダに加護を与える。異世界のお酒、特にビールがお気に入り。

ニンリル

神　様

風の女神。お供え目当てでムコーダに加護を与える。異世界の甘味、特にどら焼きに目が無い。

◀ 進む

もくじ

7 × 章
2 × 閑話
1 × 番外

◀ 進む

第一章　美味い肉を求めていざ出陣

「それにしても、賑《にぎ》わってるなぁ」

居並ぶ屋台の客引きの声を聞きながら、その賑わい振りを見て思わずそうつぶやいた。

俺たちはローセンダールの街に無事到着していた。

途中寄り道しながら（主にフェルとドラちゃんとスイのストレス発散のための狩りだな）、いつもよりちょっぴり長い12日間の旅路の末にこの街に着いた。

カレーリナの街からローセンダールの街へ馬車で来るにしても、1か月はかかると言う話だから、12日でも大分早く着くことができたのは間違いないけどな。

カレーリナの冒険者ギルドのギルドマスターに「ローセンダールの冒険者ギルドに連絡入れとくから、着いたら必ず報告に行けよ」って言われていたから、すぐに冒険者ギルドに報告へ向かったんだけど、ローセンダールの冒険者ギルドのギルドマスター（これがまた人の好《よ》さそうなぽっちゃりしたおっさんで肉ダンジョンのあるこの街のギルドマスターにお似合いだった）が待っていてすごい歓迎振りだったよ。

何でも、この街にSランクの冒険者が来たのは数年ぶりだって話でね。

揉《も》み手《で》で早速指名依頼をお願いしたい件があるって言われたけど、さすがに着いたばかりで宿も決まっていないしということで、少し休ませてくれってお願いしたよ。

冒険者ギルドのあとは商人ギルドに行って、いつものように一軒家を借りた。

今回借りたのは、８ＬＤＫの引退した高ランク冒険者の持ち物だった物件だ。

街の中心部にも近いし、冒険者ギルドにも肉ダンジョンの入り口にも近いという良物件。

この街にいる間の宿も決まり、まだ日暮れまでには時間があるってことで、こうしてみんなで街に繰り出してきたというわけだ。

さすが肉ダンジョンの街、屋台が多いこと多いこと。

そこかしこで客を呼び込む声と肉の焼ける音と匂いがしていた。

そんなもんだから、フェルとドラちゃんはキョロキョロしてるし、いつもは鞄《かばん》の中でおねむのスイもフェルの背中に乗って同じくキョロキョロしている。

「おっ、そこのカッコいい兄さんっ！　うちの肉食っていきなよ！　秘伝のタレで味付けしてるから美味《うま》いよ～」

串に刺した肉を焼いている屋台のおっちゃんからお声がかかる。

自信満々のおっちゃんの言うとおり、香ばしい匂いを纏《まと》った実に美味そうな肉だ。

『おい』

フェルからの念話だ。

「これ食いたいってことね」

『うむ』

フェルのギラギラした目がおっちゃんの焼く肉に釘付《くぎづ》けだし、そりゃ分かるよ。

ってか、フェル、涎垂《よだれ》れてるからね。

ドラちゃんもだぞ。

スイはなんかフェルの背中で興奮したようにブルブル震えてるし。

『じゃあ1人10本で30本でいいかな?』

『む、もっと食うぞ』

『他の屋台のは食わなくていいのか?』

『もちろん食うぞ。ここのはとりあえずの腹ごしらえだが10本では足りん』

そんならフェルとスイは20本で、ドラちゃんは10本かな。

ドラちゃんはそれ以上食ったら他の屋台のが食えなくなるだろうし。

「それじゃあ50本ください」

「お、50本も買ってくれんのかい! 毎度あり! 50本で銀貨3枚だ。焼いてあんのが30本あるから、あと20本急いで焼くからちょっと待っててな!」

おっちゃんに銀貨3枚渡して、焼きあがっていた30本を先に受け取った。

受け取った肉をフェルとドラちゃんとスイがジーッと凝視している。

「すいません、屋台の裏側の空いてる場所を借りてもいいですか?」

「おう、好きにしな」

おっちゃんの屋台の裏側にちょうど空いた場所があったので、そこを借りてフェルたちに串焼きを出してやった。

フェルたち用の皿に盛った串から外した肉を美味そうに頬張るフェルとドラちゃんとスイ。

「従魔に食わせてやるんだな。しっかし、お前らいいもの食わせてもらってんなぁ」

「いつもがんばってくれてますからね。食い物くらいは美味いもの食わせてやらないと」

「ハハハッ、従魔にとっちゃいい主人だな、兄ちゃんは」

「そう思ってくれてるといいんですけどね。あ、1本俺の分も追加でお願いします」

「おうよ。そら、ちょうど焼きあがったところだ。兄さんはたくさん買ってくれたから、これは俺のおごりだ」

「わ、ありがとうございます」

焼きあがった残りの20本を追加でフェルとスイに出してやった。

そして、俺も香ばしそうに焼きあがった肉にかぶりついた。

「美味い！」

どうやって作ったのかＢＢＱソースに似たタレのかかった大ぶりの肉は、適度な歯ごたえとジューシーな脂身で噛《か》むごとに肉汁が口に広がった。

「だろ！　俺の自慢の串焼きだぜ！」

俺の美味いという言葉に、おっちゃんも嬉《うれ》しそうにそう言った。

『うむ、これはなかなかに美味かったな』

『ああ。やっぱ炭火で焼いた肉はたまんねぇな！』

『おいしかったー！』

フェルもドラちゃんもスイも、まだまだ序の口だとばかりにペロッと平らげてしまっていた。

「お前ら食うの速いなぁ～」

『フン、これしきで腹いっぱいにはならん。我はもっと食うぞ』

『俺もまだまだイケるぞ』

『スイももっと食べるー』

「はいはい、分かってるって」

『しかし、この肉は何の肉なのだ？　我も初めて食う肉だと思うのだが……』

『ん？　こりゃオークの肉じゃねぇのか？』

俺もドラちゃんと同じくオークだと思ってた。

豚っぽい味だし、てっきりそうだと思ってたんだけど。

『いや、オークではないぞ。脂身がオークよりもさっぱりしている気がする』

そうかな？

言われるとそうかもしれないって気もしてくるけど。

しかし、フェルが食ったことのない肉って、何の肉なんだ？

俺は食いかけの串焼きを見た。

こういうときは素直に聞いてみるのが一番早いな。

「すいません、これって何の肉なんですか？」

「これかい？　これはダンジョン豚だよ。肉ダンジョンでしか獲《と》れない豚なんだぜ！　とは言っても、肉ダンジョンの中層に行きゃあバンバン獲れるんだけどな。ガハハッ」

ほ～、そんな豚がいるのか。

いいこと聞いた。

「まぁ、この街にいりゃあそんな感じで珍しいもんでもないが、兄さんはこの街が初めてのようだから、ダンジョン豚のいろんな料理を味わっていくといいぞ！　何せ新鮮なダンジョン豚はこの街でしか食えないからな！」

おっちゃんの話を聞いていたフェルが『ほぅ』とか言って目をらんらんとさせていた。

こりゃ狩る気満々だな。

肉ダンジョンの中のダンジョン豚がフェルに狩りつくされて一時消えるかも……。

他の冒険者もいることだし、そうならないように止めるつもりではあるけど、どうなることやら。

おっちゃんの屋台を後にして、他の屋台を物色。

おっちゃんの話のとおり、バンバン獲れるダンジョン豚はこの街でもメジャーな肉なのかダンジョン豚を使った屋台がたくさんあった。

ダンジョン豚の肉を使った腸詰の店にステーキの店、それでもやっぱり串焼きが一番多かったかな。

食の聖地と言われるだけあって、各店いろいろと工夫がされている。

串焼き一つとっても、シンプルにハーブソルトで焼いたものからおっちゃんのところみたいに秘伝のタレを使ったところ、独自に研究したのか香味野菜を使った塩ダレを使ったところなんかもあった。

他の街とは一線を画す味の豊富さにはびっくりしたよ。

飲食店が多いのもあって、それぞれ切磋琢磨《せっさたくま》してこういう発展を遂げたのかもしれない。

それからダンジョン牛の肉を使った屋台もけっこうあった。

このダンジョン牛、ダンジョン豚と同じく肉ダンジョンでしか獲れないらしい。

ダンジョン豚のいる中層より下の階層にいるらしいが、やはりこちらもバンバン獲れるようで、この街ではダンジョン豚同様にメジャーな肉なんだそうだ。

味としては、海外産の牛肉っぽい感じだったな。

煮込み料理にいいかもしれない。

フェルとドラちゃんとスイはダンジョン豚の方が好きという話だったけど、ダンジョン牛もある程度確保しようということになっている。

なにせダンジョンのドロップ品だから解体の手間もかからないし、できるだけいろんな肉を多く確保したいと考えている。

そんな感じで多少情報を収集しつつ、俺たちは腹いっぱいになるまで買い食いを楽しんだ。

◇◇◇◇◇

『うむ、やはりお主の焼く肉の方が美味いな』

『だな。昨日の屋台の肉も悪くはなかったけど、お前の焼く肉の方が美味い。やっぱこの肉に絡むタレの味が一味違うよな』

『あるじー、お肉すっごく美味《おい》しいよ～』

昨日の屋台に対抗したわけじゃないけど、シンプルイズベストってことで今朝は焼き肉丼にしてみた。

ブラッディホーンブルの肉を焼いて、市販の焼き肉のタレを絡めてホカホカご飯に載せるだけ。

白ゴマをパラリとかけて、真ん中に卵の黄身をトッピングしてみた。

超絶簡単な丼だけど、これが美味い。

ドラちゃん、肉に絡むタレの味が一味違うって？

そりゃ当然だよ。

日本の食品メーカーが研究に研究を重ねて辿《たど》り着いた味なんだから。

使っているのは、俺の好みでロングセラーの焼き肉のタレだ。

何だかんだいろいろと使ってみても、これが一番味のバランスがいい気がする。

「うん、やっぱ美味いわ」

俺も朝からみんなと一緒に焼き肉丼をガッツいていた。

朝から肉なんてと思いつつも、たまにはいいかもしれないななんて思っているあたり、肉好きのフェルたちに毒されてきてるよな。

しかし、美味いな。

みんなでガッツリたっぷり焼き肉丼を堪能したあとは、早速ダンジョンに行こうということになった。

昨日屋台で食ったダンジョン豚とダンジョン牛が思いのほか気に入ったフェルとドラちゃんとスイがダンジョンに行こうって言い張るんだからしょうがない。

この街には昨日着いたばかりだってのにねぇ。

ダンジョンに行くにしても、その前にとりあえず冒険者ギルドに向かうことにした。

一応ダンジョンに入ると伝えておいた方がいいだろうし、この街のギルドマスターのジャンニーノさんにも依頼したいことがあるって言われているしね。

◇◇◇◇◇

ローセンダールの冒険者ギルドは朝から大盛況だった。

フェルとドラちゃんを連れて入ると（スイはもちろん革鞄の中だ）、一瞬だけシーンとなったけどすぐにまた喧騒《けんそう》を取り戻した。

まずは窓口へと思ったけど、職員が伝えたのか、すぐにギルドマスターのジャンニーノさんが、ぽっちゃりした体を揺らしながら、小走りで俺たちの前へとやってきた。

「ムコーダさん、早速いらしていただけたようでありがたいです。ささっ、私の部屋へ」

ジャンニーノさんの案内で、２階にあるギルドマスターの部屋へと向かった。

「ささ、座ってください」

ジャンニーノさんに促されて、向かいのイスに座った。

「ここのギルドは朝からずいぶんと賑わってますすね。何でか、けっこうな数の子どもがいましたけど」

そう、なぜか10歳くらいの鼻たれ小僧の集団がいた。

「ああ、それは孤児院の子どもたちですな」

何でも、この街の限定的な措置で、孤児院の子どもたちの中で将来冒険者になる予定の子たちは訓練のためにダンジョンの1階層のみ活動できるようになっているそうだ。

「というのは建前で、要は自分たちの食い扶持《ぶち》はなるべく自分たちで稼いでもらうっていうことなのですが」

ジャンニーノさんの話では、この辺で一番豊かなこの街には近隣の村々からも孤児が集まってくるそうで、孤児院は常に人員過剰気味なのだという。

そのため、他の街に比べて手厚い補助を受けているにもかかわらず運営が厳しく困っていたそうだ。

だからと言ってこの地の領主様も、孤児院ばかりを補助するわけにもいかず、苦肉の策としてこういう限定的な措置をとることになったそうだ。

「それもここのダンジョンがそれほど難易度が高くないからできることなのですがね。……まぁ、それが裏目に出ることもあるのですが」

ここのダンジョンは難易度の高いダンジョンに比べて稼ぎは少ないが、全12階層のうち10階層より下に行かなければよほど運が悪くない限り死ぬこともない。

そのうえドロップ品がほぼ肉ということもあって食いっぱぐれることもないため、この街の冒険者の大半が下級中級冒険者なのだそうだ。

「向上心のある冒険者たちは早々にこのダンジョンから去りますし、上級冒険者はもっと稼ぎのいいダンジョンに向かいますからね。結局ここに残っているのは、安全にそこそこ稼げればいいという冒険者ばかりでして……」

現在この街で活動している冒険者で一番上のランクがCランク冒険者パーティーなのだが、Cランクのパーティーはその一つしかないうえに、そのパーティーのメンバー全員が妻子持ちで危険な依頼は避けているらしい。

そんなわけで、ここ最近10階層以降に進む冒険者がまったくいない状態が続いているという。

しかしだ、下層に近づくほどドロップ品の質も上がってくるわけで……。

「いい加減10階層以降の肉を確保してくれと商人ギルドからせっつかれているんですよ」

普通の定食屋や屋台で使う肉については特に今のままで問題はないが、ちょっといい宿屋や食事処《どころ》では限定メニューとして10階層以降の肉を使った料理を置いている店も多く切実な問題らしい。

なにせ、この限定メニューを目当てにこの街にやってくる貴族などの富裕層もいるということだからな。

「なるほど。そんなときに俺たちがこの街にやってきたと」

「はい。お察しのこととは思いますが、ムコーダさんへの依頼というのは、10階層以降の肉を是非とも確保してきてほしいというものです」

「もちろんダンジョンには潜る予定ですから、それは大丈夫ですが、10階層以降は何の肉が獲れるんですか？」

限定メニューに使われる肉で、富裕層もわざわざ食いに来る肉と聞けば興味がわいてくる。

「このダンジョンでしか獲れないダンジョン豚とダンジョン牛のことは知ってますか？」

「ええ。中層にいるとか」

「10階層、11階層にいるのは、その上位種ですよ」

ジャンニーノさんの話では、10階層にいるのがダンジョン豚の上位種で11階層にいるのがダンジョン牛の上位種だそう。

中層階でバンバン獲れるダンジョン豚とダンジョン牛の上位種などたかが知れていると侮ることなかれ。

聞いた話によると、どちらも通常のダンジョン豚とダンジョン牛の2倍以上の大きさの上に気性も荒くなっているそうだ。

巨体による体当たりや踏みつけには要注意で、これをまともに食らえば高ランク冒険者でも無事では済まないだろうとのことだった。

どちらも美味い肉で、Bランクのブラッディホーンブルやオークの上位種よりもこちらの方が美味いという人もいるくらいだとか。

「最下層の12階層には？」

「12階層は、ダンジョン豚とダンジョン牛の両方の上位種が出ます。頭数も多くなっているので、より注意が必要です。それと……」

どれくらいの確率かは定かではないが、時々特殊個体が出現するそうだ。

ダンジョン豚とダンジョン牛の上位種の特殊個体は、大きさも気性の荒さも際立っているという話だ。

しかも、その巨体に似合わず動きも速いというから厄介だ。

しかしだ、その肉質はやわらかく脂身も甘く、とにかく美味いのだという。

『よし、今すぐその肉を獲りに行くぞ！』

『肉だ肉！　ガンガン獲るからな！』

『お肉～！』

隅で大人しくしていたフェルとドラちゃんとスイが、ジャンニーノさんの話を聞いて目をギラギラさせながらそう言った。

美味い肉と聞いて居ても立ってもいられないのか、フェルもドラちゃんもスイもそわそわして動き回っている。

「お前らな……」

ちょっと待ちなさいって。

お前らが急にウロウロしだしたから、ジャンニーノさんが驚いているじゃないか。

「美味い肉と聞いて居ても立っても居られないようです。ハハッ」

「フェンリル様がヤル気になられているなら、大丈夫そうですな。よろしく頼みますよ」

「はい。それでは早速ダンジョンに行ってきます」

俺たちは冒険者ギルドをあとにして、美味い肉を求めて肉ダンジョンへと向かった。

第二章　ドロップ品にモツが出た！

肉ダンジョン1階層――――。

「何とものどかな風景だなぁ」

肉ダンジョンの1階層は草原が広がっていた。

とは言っても、聞いた話によると肉ダンジョンは階層によって出てくる魔物が違うだけで全部の階層がそんな感じらしいけど。

今はフェルに乗って移動中だ。

1階層には2階層へ向かう転移魔法陣が4か所あって、その一番遠い魔法陣へと向かっているところだ。

というのも、入り口から近い魔法陣は下へ向かう冒険者たちで行列ができているという話を事前に聞いたからだ。

行列に並ぶくらいなら、ダンジョンの中の見学もかねて遠くても空《す》いている魔法陣へ向かおうということになった。

フェルに乗せてもらえば、そんなに時間のかかる話でもないしね。

ここ1階層に出るのは、ホワイトシープとビッグラビット。

ホワイトシープからは腸か肉がドロップされて、ビッグラビットからは肉か毛皮がドロップされるそうだ。

ビッグラビットの毛皮はここではいわゆる〝はずれ〟らしいけどな。

そこかしこでホワイトシープの群れが草を食《は》み、ビッグラビットがピョンピョン跳んでいた。

「まんま羊と兎《うさぎ》だな。普通のよりかはデカいけど」

ホワイトシープは普通の羊の1・5倍、ビッグラビットに至っては普通の兎の2倍くらいの大きさはありそうだ。

この階層にいるホワイトシープとビッグラビットは、近づき過ぎたりちょっかいを出さなければ襲ってくることはないという話だった。

それなら動物と変わりないと思いがちだが、やはりそこは魔物、近づき過ぎたりちょっかいを出すと猛然と向かってくるそうだ。

そうは言っても普通の冒険者は、この階層ではほとんど活動しない。

儲《もう》けが少ないうえに、肝心の肉もホワイトシープの肉はクセがありビッグラビットの肉は硬く、どちらもそれほど美味《うま》い肉とは言えないからだ。

冒険者の代わりにこの階層で活動しているのは、孤児院の鼻たれ小僧たちだ。

中には少数だが少女も交じって、大立ち回りをしていた。

見ていると、ホワイトシープならば、端にいる1頭を気付かれないように少しずつ少しずつ群れから離れさせて孤立させたのち、あとは全員でタコ殴りにして仕留めていた。

群れを相手にするわけにはいかないし、なかなか上手《うま》いやり方だと思う。

少年少女の手にある武器はこん棒のみだっていうのに、勇ましいものだ。

そんな少年少女を脇目に転移魔法陣へと進んでいると、悲鳴が聞こえてきた。

「キャーッ！！！」

「うっ、うわぁぁぁぁぁぁぁぁっ！！！」

「スサナッ！　ヘラルドッ！」

尻もちをついた少女とその少女を立たせようとする少年に突進するホワイトシープと、それを見ていることしかできない仲間の少年たち。

「ドラちゃん、お願いっ！」

『しょうがねぇなぁ』

一番機動性に富むドラちゃんに頼むと、渋々といった感じだけどすぐさま飛んで行ってくれた。

そして、氷魔法を放つ。

「ンメェ……」

今まで見たものより大分小さな尖《とが》った氷の柱がホワイトシープの頭に直撃して、少年少女の手前でバタンと横に倒れる。

「おーい、大丈夫か？」

フェルの背から「よっこらせ」と降りて、少年少女たちに声をかけると、びっくりした顔のまま目をこちらに向けてきた。

「うわぁぁぁっ、で、デカい狼《おおかみ》っ、と、ちっちゃいドラゴン！」

いち早く我に返った少年の1人がそう叫んだ。

「あ、この狼とドラゴンは俺の従魔だから気にするな」

「へ？　従魔って、おっちゃんテイマーなのか？」

お、おっちゃん………？

お、俺は決しておじさんではないぞ、まだ20代なんだからなっ。

「そういうことだ。それとな、俺はおっちゃんじゃない。まだ20代だ。お兄さんと呼びなさい」

「何でい、おっちゃんはおっちゃんだろ？」

「少年、違うぞ。20代はまだまだ若いんだ。お兄さんだ、分かったな」

「わぁったよ」

フェルとドラちゃん、そこで笑ってない。

「あ、仲間助けてくれてありがとな、兄ちゃん！」

俺をおっさん呼ばわりしたリーダーらしき少年がそう言うと、立ち直った少年少女たちから「ありがとう！」という言葉が続いた。

ホワイトシープの体当たりで死ぬことはないけど、やられると跳ね飛ばされて打撲で2～3日は

動けなくなるらしい。

当たり所が悪ければ骨折なんてこともあるらしく、助けた少年少女からは本当に助かったとお礼を言われた。

「君らも大変だなぁ」

「俺たち、いつもはけっこう上手くやってるんだぜ。今日はスサナがヘマやっちまったけど」

そう言ってリーダーの少年がスサナと呼ばれた少女を見やる。

「エヘヘ、躓《つまず》いちゃった」

「ヘラルドも惚《ほ》れた女助けるならもっと早く動けよな」

リーダーの少年にそう言われたヘラルド少年は「なっ」と絶句しながら顔を真っ赤にしていた。

若いっていいなぁ。

「兄ちゃん、はい。ドロップ品の肉だぞ」

リーダーの少年がさきほどのホワイトシープのドロップ品の肉を渡してきた。

「いや、いらない。俺たちの狙いは、もっと下層の肉だからな。君たちが持ってっていいぞ」

「え、いいのか?」

「ああ」

そう言うと少年少女たちから歓声が上がった。

「これで手ぶらは免れたな」

「うん。みんな楽しみにしてるからなぁ」

話を聞くと、ここで獲《と》れた肉が食卓に上るそうだ。

孤児院の子どもたちは、毎日ここで獲れた肉を食うのを心待ちにしているようだ。

「大変だけど、俺たちのところは他の街の孤児院よりずいぶんマシだって聞いてるしな」

ま、そうだろうねぇ。

毎日肉を食えるってだけで、多分恵まれている方なんだと思う。

「でも、肉は孤児院でも食事になるけど、院長先生が他のものは売って自分のものにしていいって言ってくれてるし、やりがいもあるよな」

「ああ。お金貯《た》めて、冒険者になるときに武器買うんだ！」

なるほど。

肉は孤児院の食事として消費されて、それ以外のドロップ品は子どもたちの自由にか。

ここの孤児院の院長先生は良心的みたいだね。

「それにしても、兄ちゃんの従魔は強いなぁ」

リーダーの少年がドラちゃんを見てそう言った。

「そのデカい狼も強そうだし」

自分よりも何倍もデカいフェルを見上げる少年。

「まぁね」

うん、主人の俺より確実に強いからね。

「テイマーって初めて見たけど、やっぱり強いんだな。俺でもなれるかな？」

「バーカ。テイマーってのは適正もあって、なかなかなれるもんじゃないんだぞ」

「そ、そんなのやってみないと分かんないだろ！」

「あー、はいはいケンカしないの」

「シッ、みんな、あれ」

急に眼付《めつ》きの鋭くなったリーダーの少年が「あれ」と指をさした。

そこにいたのは普通の鶏よりも一回り大きいブロイラーっぽい鶏だった。

「ワイルドチキンだっ」

「うひょー、俺たち運がいいな！」

小声でそう言いあう少年たち。

「見つからないように囲むぞ」

「「「うん」」」

慣れたように静かに包囲網を狭めてワイルドチキンと呼ばれた鶏を囲んでいく少年少女たち。

そして……。

「今だっ！」

ガサガサッ。

リーダーの少年の掛け声とともに飛び出す少年少女。

「オリャッ！」

「ていっ！」

「ヤァッ！」

「エイッ！」

「オラァッ！」

ドカッ、バキッ、バコッ、ボコッ、バコンッ――――。

反撃する間もなく、少年少女によってたかってこん棒でタコ殴りにされるワイルドチキン。

「コケェエェッ……」

一声鳴いたあとに絶命。

ワイルドチキンには災難だろうけど、しょうがないね。

ダンジョンだし。

「おっしゃ！　肉だ肉が出た！」

「ここはホワイトシープとビッグラビットが出るって聞いてたけど、それだけじゃないんだな」

「兄ちゃん、このワイルドチキンは2階層の魔物だぞ。ときたま、〝はぐれ〟がこうして1階層にも出てくるんだ。癖がなくて美味いんだぞ！」

少年少女たちが、今日はご馳走《ちそう》だと騒いでいた。

孤児院に持って帰ったところで、みんなで分ければ口に入るのは僅かばかりなのに、健気《けなげ》だねぇ。

よし、俺も少しは手助けするか。

さっきから気になっていた手に持ったこん棒。

「なぁ、君らの武器ってそのこん棒だけなのか？」

「そうだぞ。武器を買う金なんてないしね。薪《まき》に使うやつから堅くて丈夫そうなのを選んで使ってるんだ。それでも折れることはあるから、一応予備のも何本か持ってきてる」

元は薪用のかよ……。

「それ、もうちょっとマシなのにしてやるから、貸してくれないか？」

「ん？　いいけど、マシなのって何かしてくれんのか？」

「ああ。もう少し堅くて握りやすくしてやるよ。と言っても、するのは俺じゃないんだけどな……。

スイ、ちょっと起きてくれるか」

肩から掛けた革鞄《かわかばん》を少しゆすってそう声をかけた。

『ん〜、あるじー、なぁにー？』

ゆっくりとスイが鞄から出てきた。

「俺の従魔のスライムのスイだ」

少年少女に紹介する。

「スイはいろいろと出来てな……。スイ、このこん棒をこんな感じで握りやすくして水分を抜いて堅くできるか？」

手持ちの紙にバットを描いてこんな感じでとお願いした。

『うん、それなら簡単だよー。やってみるねー』

リーダーの少年から預かったこん棒をスイに渡した。

『あるじー、できたよー』

1分とかからずに、木製のバットが出来上がった。

「おー、スイありがとな」

試しに振ってみたけど、いい感じだ。

さすがはスイ。

「ほい、これ。堅くなって、持ちやすくなったから、こん棒よりはマシになってると思うぞ」

「おお～」

リーダーの少年に渡すと、すぐさまブンブンと試しに振り回している。

「こりゃいいな！　持ちやすくなってるから、思いっきり振れるぞ！　兄ちゃん、ありがとう！」

リーダーの少年の言葉を聞いて、他の少年少女が「俺のも！」「私のも！」とワラワラと集まってくる。

「あー、みんな落ちついて。ちゃんとみんなの分やってやるから、順番にだ順番に」

スイに頼んで少年少女の分も順次バットにしていった。

「おおーっ、すげぇ！　振りやすいぜ！」

「ホントだ！　これなら力いっぱい振り回せる！」

「いつも落としそうになってたけど、これなら私でもいける！」

「これなら力いっぱいぶっ叩《たた》けるな！」

少年少女たちが嬉《うれ》しそうにバットを振り回している。

「これで少しは効率よく狩りができるだろう。がんばれよ！」

「「「「ありがとう、兄ちゃん！」」」」

俺たちは少年少女たちに見送られながら、再び転移魔法陣へと向かった。

◇　◇　◇　◇　◇

2階層も草原が広がっていた。

この階層にいるのは、ワイルドチキンとホーンラビットだ。

冒険者に成り立てという感じの少年少女をチラホラと見受けられる。

俺たちの狙いは下層のダンジョン豚とダンジョン牛の上位種だから、この階層は当然スルーだ。

この階層の転移魔法陣も4か所あると聞いているが、ここも一番遠い魔法陣へと向かった。

どこの転移魔法陣を使っても転移先は同じ場所になるため、そこから近い転移魔法陣は結局冒険者でごった返すことになるという。

目的の一番遠い魔法陣に向かいがてら見てみたらやっぱりズラリと行列が出来ていた。

俺にはフェルがいてくれるから遠い魔法陣でも何てことはないけど、普通に歩いていったら何時間もかかるだろう。

このダンジョンに潜る冒険者は、ドロップ品が生もの《肉》ということもあって、基本日帰りということだから、込み合っているとはいえ近場の転移魔法陣を使うのが常だという。

そういうこともあって、数多くの冒険者がメインの狩場にしている中層の8階層辺りまではこんな状態が続くという話だった。

3階層、4階層、5階層と、特に気になる獲物もいないので何もせずに通り過ぎる。

そして6階層。

ダンジョン豚の生息している階層だ。

この街でも多く需要のあるダンジョン豚がいる階層でもあり、見かける冒険者も一段と増えてくる。

「あれがダンジョン豚か。けっこうデカいな」

ダンジョン豚は、下顎から突き出た鋭い牙が特徴の、薄茶色の毛の丸々と太っている豚だった。

「どうする？　少し狩っていくか？」

『通りすがりに少し狩っていくくらいでいいだろう。我らの狙いは、これの上位種だからな』

『ああ。上位種の肉の方が美味いっていうからな。どうせ狩るなら美味い肉の方がいいもんな』

『スイはどっちでもいいよー。でも、お肉は美味《おい》しい方がいいかなぁ』

あくまでも狙いは美味い肉の上位種ってことだね。

「それじゃ、転移魔法陣に向かうまでにかち合ったら狩ってくってことにするか」

『うむ』

◇　◇　◇　◇　◇

俺たちが転移魔法陣に向かって進んでいると、前方にダンジョン豚の群れが現れた。

『む』

ザシュッ、ザシュッ、ザシュ――――。

「「「「ブヒィィィィッ」」」」

草原に響き渡るダンジョン豚の絶叫。

「おぅ……」

かまいたちが吹き荒れてダンジョン豚を切り刻んでいった。

「あれはフェルの風魔法か？」

『うむ。邪魔だからな。ついでだ』

ついでで殲滅《せんめつ》された豚さん、ご愁傷様です。

いた場所が悪かったな。

「とりあえず、肉拾っておくか」

『うむ』

20頭以上いたダンジョン豚はすべて肉に変わっていた。

「ここのダンジョンは倒せば必ずドロップ品が出るのもいいよな」

ご丁寧に葉っぱに包まれた肉塊が点々と落ちていた。

その中に……。

「これ、モツじゃん！　うぉー、これでモツ鍋とかモツ煮ができる！　モツは焼いても美味いしなぁ〜。楽しみが広がるぜ」

俺がモツを拾って歓喜しているとフェルたちがよって来た。

『む、どうした？』

「モツだよモツ！　これ、美味いんだぞ〜」

『美味しーの？　なら、スイ食べるー』

『内臓か？　うーむ、お主の料理に慣れるとどうもな……』

『だよなぁ。内臓ってクセがあるしよう。食えなくはないけど、お前の料理に慣れたあとじゃ好んで食おうとは思わないよなぁ』

「でもさ、ちゃんと料理すれば美味いんだぞ。新鮮なモツは臭みもないし本当に美味いんだからな」

俺がそう言うと、フェルもドラちゃんも『本当か？』『あれがなぁ』とか半信半疑だ。

「ま、とにかく美味いの作ってやるよ。食ったらびっくりするぞ。それにさ、ここでモツが出てくるってことは、この下の階層の7階層のダンジョン牛のドロップ品でも出てきそうだし、それ以降の上位種のドロップ品でも出てきそうだしな。新鮮なモツがたくさん手に入るんだから食わず嫌いは損だぞ」

ダンジョン豚にダンジョン牛のモツがたくさん手に入れば、いろんな料理ができそうだ。

ダンジョン牛の上位種のモツで久しぶりにモツ鍋なんてのもいいな。

そんな感じでモツ料理に思いをはせながらドロップ品の肉を拾っていると、周りがザワザワしてきた。

「ん？」

見ると、この階層にいた冒険者たちが俺たちの周りを囲んでいた。

「おい、あれテイマーだよな」

「珍しいな」

「俺、知ってる。Sランクのテイマーだろ」

「Sランクッ!?」

「聞いた話じゃドランとエイヴリングのダンジョンを踏破したらしいぞ」

「本当ならスゲェな、それ」

「しかしよう、あの勢いで狩られたら、俺らの獲物がなくなるぜ」

「確かに」

「数が少なくなれば湧いてくるとはいえ、翌日にならないと増えないしな」

冒険者たちの視線が痛い。

す、すんません。

言い分はごもっともです。

冒険者がたくさんいるこの階層での狩りは諦めて、そそくさと先に進んだ。

そして、転移魔法陣を通り7階層へ。

7階層にいるのは、ダンジョン牛。

当然この階層にも冒険者は多かった。

いらぬ軋轢《あつれき》は避けるために、この階層も素通りして転移魔法陣へとすぐさま向かい8階層へ。

8階層はダンジョン豚とダンジョン牛がどちらもいる階層だ。

6〜7階層に比べて冒険者の数は若干減ったものの、けっこうな数の冒険者が狩りに勤《いそ》しんでいた。

そんなわけで、もちろんこの階層もスルーだ。

そして9階層へ。

9階層にいるのは、俺たちの食卓にも度々上るコカトリスだ。

この階層に来てようやく冒険者の数も大分少なくなった。

「俺たちは普通に食ってるけど、そういやコカトリスもCランクの魔物だったな」

フェルたちのおかげでいい肉ばっかり食ってるから忘れそうになるけど、俺たちがしょっちゅう食ってるオークもコカトリスも一般庶民にしたら、ちょっと奮発して食ういい肉なんだよな。

「コカトリスは少し獲っていくか」

『うむ、これの肉はまぁまぁだからな』

『ああ。これのから揚げは悪くないいな』

『から揚げ～』

「あ、みんなこの辺にいるのだけでいいからな」

フェルとドラちゃんとスイが散っていく。

そして、10分もしないうちに辺りは肉塊だらけに……。

「ストップストップ！　もう十分っ、十分だから！」

『む、もういいのか？』

『何だよ、もうか？』

『あるじー、もういいのー？』

「十分だよ。これ、拾い集める方が大変だぞ」

ざっと数えただけでも30は下らない肉塊が。

って、ああっ、近場にいた冒険者たちが唖然《あぜん》とした顔してるよ。

「みんな、さっさと拾い集めて下の階層いくぞ」

みんなにも協力してもらいさっさとコカトリスの肉を回収し、近くの転移魔法陣へ。

次は、いよいよ目的の獲物のいる10階層。

10階層からは俺たちの独壇場だ。

まずはダンジョン豚の上位種を狩りまくるぜ!

◇　◇　◇　◇　◇

10階層――――。

聞いていたとおり、冒険者の姿は皆無だった。

遠目に見ても巨体であることが分かるダンジョン豚の上位種が、寝転がったりムシャムシャと草を食んだりしている。

「みんな、ここからは遠慮する必要ないぞ」

『うむ。分かっている。上位種の美味い肉だな』

ダンジョン豚の上位種を追うフェルの目がギラついていた。

『狩りまくるぜ！』

『美味しいお肉いっぱい獲るよー！』

ドラちゃんもスイもヤル気満々だ。

「それじゃ、俺は回収に徹するから、みんなお願いな」

俺がそう言うと、フェルとドラちゃんとスイが草原に散っていった。

「それにしても、上位種は普通のダンジョン豚の2倍の大きさって言ったけど、マジでデカいな……」

ダンジョン豚の上位種は遠目に見ても迫力のある巨体をしていた。

そう独りごちる間に、ダンジョン豚の断末魔の悲鳴がそこかしこから聞こえてきた。

「プギィィィィッ」

「ブッヒィィィィッ」

「ブッ、ブヒィィィッ」

…………狩り、順調のようだな。

「さてと、俺も肉を回収にいくとするか」

まずは破竹の勢いで次々とダンジョン豚を狩りまくるフェルの下へ。

フェルの通ったあとには、数多《あまた》のダンジョン豚の肉塊が転がっていた。

それを、一つ残さずせっせと拾っていく。

その間にも、フェルは確実にダンジョン豚の群れを見つけては次々と狩っていく。

ダンジョン豚の上位種の群れを見つけて突っ込んでいく。

フェルの狩りは単純かつ確実だ。

ダンジョン豚に向かって前足を振るう。

フェルが編み出したという爪斬撃《そうざんげき》だ。

爪先に魔力を込めそれを放出することによって斬撃を生み出して敵を切り裂くとかいうトンデモ技。

前足一振りの爪斬撃《そうざんげき》で数十いるダンジョン豚の群れを壊滅させ、次の群れへと向かうフェル。

「狩るのが速すぎて、回収が間に合わないんだけど……」

拾っている間にも次々と群れを肉塊にしていくフェルには付いて行けず、思わずそうボヤく俺。

「ああっ、もうあんな遠くへ」

フェルはというと、既にはるか遠くの群れを狩っている最中だった。

「もういいや。フェルのはあとで回収するとして、ドラちゃんとスイのを回収しよう」

比較的近場で狩りをしているドラちゃんとスイの狩った分を回収することにした。

まずは、ドラちゃんの方へ。

群れを狩るということもあって、氷魔法を使っていた。

宙に浮かんだ、先端の尖ったいくつもの氷の柱がダンジョン豚に降り注ぐ。

「プギィィィッ」

「ブヒィィィッ」

「ブヒッ」

氷の柱に貫かれたダンジョン豚が悲鳴をあげ、その巨体がドシンッと音を立てて倒れていく。

「ドラちゃんの狩りも順調だな」

『俺にかかれば当然よ。よし次だ次。どんどん肉を確保するぜ！』

そう言って次の群れへと向かうドラちゃん。

俺はドラちゃんの残した肉塊をせっせと拾った。

もちろんだがちゃんとモツもあったぞ。

次はスイの下へと行ってみた。

スイも元気よくダンジョン豚の群れを狩っていたよ。

得意の酸弾を次々と飛ばしてダンジョン豚を肉塊に変えていく。

ビュッ、ビュッ、ビュッ、ビュッ、ビュッ――――。

スイに的確に頭を撃ち抜かれたダンジョン豚は悲鳴を上げることもできずに倒れていった。

「すごいぞ、スイ！」

『エヘへ～、スイすごいー？　でもね、もっともーっといっぱい狩るんだー。フェルおじちゃんにもドラちゃんにも負けないもんねー』

「そうかそうか」

『あるじー、もっと豚さん倒してくるね～』

「おう、気を付けるんだぞ」

『分かったー』

そう言ってスイは次のダンジョン豚の群れへと向かった。

俺はスイの残した肉塊をこれまたせっせと拾っていく。

「ふぅ、それにしても切りがないな。ま、ここで美味い肉が確保できるのはありがたいからな、がんばろう」

俺は、肉塊を見つけては次々と拾っていった。

そして、1時間後――。

「おー、腰が痛い」

ずっと前傾姿勢で肉を拾っていたもんだから腰に来た。

腰を伸ばすように上体を後ろに反らした。

「大分拾ったはずなんだけどなぁ……」

周りを見渡すと、まだまだ肉塊がそこかしこに転がっていた。

「既に3桁を超える肉塊が俺のアイテムボックスに入ってるんだけど」

ジャンニーノさんにはダンジョン豚とダンジョン牛の上位種の肉は、それぞれできれば10頭分欲しいと言われている。

その分を納めたとしても、手元には十分残るってのに。

「って、まさか……」

確かに遠慮する必要はないって言ったけど、限度ってもんがあるよね。

もちろん、その辺はみんなも分かってると思うんだけど。

何か嫌な予感が……。

いや、でもいくらなんでもその辺は分かるよねぇ。

そんなことを考えていると、背後からフェルとドラちゃんとスイの声が。

『おい、終わったぞ』

『狩りまくってやったぜ！』

『いーっぱい倒してお肉にしたよー』

錆《さ》びたブリキの人形のように、ギギギとゆっくりと振り返った。

「終わったって、何が？」

『ダンジョン豚の狩りに決まっているだろう』

『最後の1頭まで狩り尽くしてやったぜ！　なっ！』

『うんっ。お肉いーっぱいだよー！』

…………。

1頭残らず……、お肉いっぱい……。

10階層に広がる草原を見渡してみる。

……いない、ダンジョン豚の姿が1頭も見当たらない。

「お前ら、狩りすぎぃぃぃぃぃっ」

◇◇◇◇◇

「フゥ〜、やっと回収し終わった。ひどい目にあったぜ」

『お主が遠慮はいらんと言ったのだろうが』

『そうだそうだ』

『お肉いっぱい獲っていいと思ってたのー』

「いやさ、そりゃそうだけど、限度ってもんがあるだろう。この階層にいるダンジョン豚を狩り尽くすのはやり過ぎだろうが」

マジックバッグも使って、みんなに手伝ってもらって回収した肉塊は、最終的には400近くに上った。

狩りをしていた時間よりも回収に当てた時間の方が長かったくらいだ。

「残しておくのももったいないから全部回収したけど、次の11階層ではほどほどにな。もう少し欲しいなと思ったら、また潜ればいいんだしさ。この街にはまだ来たばっかりなんだから」

今借りてる家だって1週間分の賃料は支払い済みだし、場合によっては延長するつもりだしさ。

『む、分かった』

『へいへい』

『分かったー』

「じゃ、11階層に進むか」

『待て、その前に飯だ』

『俺も賛成ー。いい加減腹減ったぞ！』

『スイもお腹《なかす》空いた〜』

言われてみれば、確かに。

今日は朝早くからここに潜ってるけど、この階層で大分時間とったからなぁ。

「それじゃ、ここで飯にするか」

さて、何を作ろうかな。

飯のあとは11階層、12階層が控えているから、そんなに時間は取れないし。

本当ならドロップ品で出たモツを使いたいところだけど、下処理に多少時間かかるしなぁ。

ここは……。

取り出したのは、この階層で獲れた肉塊。

ダンジョン豚の赤身と、脂身の層がきれいに重なり合った、実に美味そうなバラ肉だ。

ここのドロップ品、モツはモツのみで出てきたし、もしかしたらと思って鑑定してみたら、肩、肩ロース、ロース、ヒレ、バラ、モモと見事に部位ごとに分かれていた。

さすがというか、肉に特化したダンジョンだけはあるよ。

パッと作れるっていったらやっぱり炒め物《いためもの》。

炒め物に適した肉って言ったらやっぱりバラ肉だよね。

でもって、肉塊の回収でちょっとへバッた体のスタミナ回復も兼ねて選んだメニューは……。

「やっぱ豚キムチ炒めでしょ。アイテムボックスには炊いた飯もあるし、これは豚キムチ丼しかないな」

そうとなればネットスーパーで材料を調達だ。

肝心要の白菜キムチとタマネギ、万能ネギにニンニク、それからゴマ油と温泉玉子を購入。

調味料類は特に買い足す物はないからこれで大丈夫だな。

まずは、ダンジョン豚のバラ肉の薄切りを一口大に切って、酒・塩・胡椒で下味をつけておく。

次はニンニクをみじん切りにして、タマネギを縦に薄切りに、万能ネギは小口切りにする。

白菜キムチは大きければざく切りにしておく。

あとはフライパンで炒め合わせていくだけだ。

まずはフライパンにごま油とみじん切りにしたニンニクを入れて熱して、香りが出てきたところで下味をつけたダンジョン豚のバラ肉を投入。

肉の色が変わってきたら、薄切りのタマネギを入れて炒め、タマネギがしんなりしてきたところで白菜キムチを加えてキムチが全体に馴染《なじ》むよう炒め合わせる。

最後にめんつゆとマヨネーズを入れて味を調えて少し炒めれば出来上がりだ。

マヨネーズを入れると、キムチの辛さがマイルドになるしコクがでるからおすすめだな。

これならスイもいけるだろう。

「土鍋で炊いたホッカホカの飯を丼に盛って、その上にたっぷりと豚キムチを……」

おおっ、これだけでも美味そうだけど、まだまだ完成ではないぞ。

豚キムチ丼の真ん中に温泉玉子を載せて、上から万能ネギをパラパラと。

「よし、完成だ！　フェルとドラちゃ……」

呼ぶまでもなく俺の後ろでスタンバッてました。

みんな涎《よだれ》たらしながら。

「はい」

みんなの前に出してやると、待ってましたとばかりに豚キムチ丼を頬張る。

『むぅ、これは辛くて独特の味わいだがクセになりそうな味だな』

『確かに。食ってると、また次、もう一口ってなる味だよな』

『ちょっと辛いけど、これならスイも食べられるー！　美味しいよー！』

キムチはにおいもあるし、どうかなとも思ったけど、まぁまぁ好評だな。

良かった、良かった。

久々の豚キムチ丼、俺も頂くとしよう。

口いっぱいに豚キムチ丼を頬張る。

うん、やはり豚キムチと米は合うな。

それにしても、ダンジョン豚の肉は美味いな。

ダンジョン豚のバラ肉の赤身と脂身のコクのある味わいが味の濃いキムチにも負けていない。

キムチの辛さも、マヨネーズを加えたことによってまろやかな辛味になっているから食べやすい。

これは箸が進むな。

『おい、おかわりだ』

『俺も同じく』

『スイもおかわりー！』

「あー、はいはい、ちょっと待って」

追加の豚キムチ丼を作っていく。

みんなに腹いっぱい食わせたら、次はダンジョン牛の上位種がいる11階層だ。

待ってろよダンジョン牛ー。

◇◇◇◇◇

11階層――。

黒い巨体のダンジョン牛の上位種が、そこかしこで草を食んでいた。

ダンジョン牛は、見た目は黒毛和牛にそっくりだけど、大きさは牧場で見る牛よりも一回りデカい。

この階層にいる上位種は、そのダンジョン牛の倍はある大きさに角も生えていた。

「10階層のダンジョン豚の上位種もデカいと思ったけど、ダンジョン牛の上位種はさらにデカいな」

『うむ。どれくらいの肉が出るかは分からんが、数もいるようだし食いでがあるな』

ダンジョン牛を見るフェルの目がギラついていた。

殺《ヤ》す《ル》気満々だよ。

『肉だ肉。ここでも狩りまくるぜー！』

『美味しいお肉、美味しいお肉～』

ドラちゃんとスイも、今にもダンジョン牛に向かって行きそうな勢いだ。

「あー、みんな、もう1回言うけど、ほどほどにな、ほどほどに。それと……」

俺はアイテムボックスからマジックバッグを取り出した。

「これをフェルに渡しておくから」

フェルの首にマジックバッグをかける。

「ある程度狩ったら、肉はフェルのマジックバッグに入れるか俺に渡してくれよ」

みんな一応は返事をするものの、聞いているのかいないのか、既にみんなの意識はダンジョン牛一直線だ。

『よし、ドラ、スイ、行くぞ！』

『おうよ！』

『お肉いーっぱい獲るのー！』

フェルの掛け声とともに、みんなが散っていった。

「ほどほどだぞ、ほどほどー！」

散っていくフェルとドラちゃんとスイに念押しに声をかける。

ほどなくして、ダンジョン牛の悲鳴がそこかしこから聞こえてきた。

「ブモォォォッ」

「モォォォォォッ」

「ブッ、ブモォォォォッ」

フェルもドラちゃんもスイものっけから狩りまくっているようだ。

「ったく、大丈夫かよ。ま、とりあえず、肉を回収に行くか。やり過ぎるようだったら止めればいいし」

…………………

…………………

……

「止めればいいし、なんて安易に考えていた俺が馬鹿でした……」

草原に無数に散乱したダンジョン牛の肉塊を前に項垂《うなだ》れる俺。

フェルもドラちゃんもスイも「もういいよ！」って言っても聞きやしない。

というか、狩りに夢中でそもそも聞いてないんだもんよ。

結局この階層のダンジョン牛の上位種も狩りつくしちゃったよ。

ダンジョン牛の姿が消えたあとのフェルとドラちゃんとスイの言い訳がまたさぁ……。

『ぬ、知らぬ間に狩り尽くしていたぞ』

『いやぁ～、美味そうな肉だと思ったらついな』

『美味しそうなお肉だからいーっぱい獲ったの～』

狩り尽くしたあとにそんなこと言われても、もうどうしようもないじゃん。

そのままにしておくのももったいないし、結局みんなで拾い集めたよ。

フェルにマジックバッグを持たせておいたのが功を奏して、肉の回収が10階層のダンジョン豚のときよりは時間がかからなかったことだけは良かったけど。

何だかんだでここでも3桁を超えるダンジョン牛の上位種の肉塊が手に入ってしまった。

「はぁ、じゃ次行くか。……フェル、ドラちゃん、スイ、分かってるとは思うけど、ほどほどにな、ほどほどに！」

『しつこいぞ。分かっているわ』

『わぁってるって』

『分かったよ～』

本当に分かってんのかねぇ。

◇◇◇◇◇

そして、ついにやってきた肉ダンジョンの最終階層の12階層。

「あれがダンジョン豚とダンジョン牛の上位種の特殊個体だな」

明らかに周りのダンジョン豚とダンジョン牛よりもデカい個体がいくつか見受けられた。

しかも、ダンジョン豚の下顎から突き出した牙もダンジョン牛の角も、より太く鋭く発達していた。

『うむ、だろうな。しかもだ、彼奴《あやつ》ら生意気にも我らに歯向かうつもりだぞ』

「ん？　歯向かうって？」

不思議に思って特殊個体がいる方に目を向けると……。

「ゲッ」

ダンジョン豚とダンジョン牛の上位種の特殊個体は、しっかりと俺たちの方を見据えていた。

そして、前足で何度も地面を蹴って……。

「ブモォォォォォォォォッ」

「プギィィィィィィィィッ」

雄叫《おたけ》びを上げた特殊個体が巨体を揺らして全速力で俺たちに向かって突進してきた。

ドドドドドドドドドッ――――。

地響きのような足音が迫る。

「マズい！　こっち突っ込んできたぞ！」

しかもだ、特殊個体に釣られて上位種もこちらに突進してきていた。

「ヤバいヤバいヤバい！」

向かってくるダンジョン豚とダンジョン牛の大群の迫力に思わずチビりそうになる俺。

『怯《ひる》むな！　我らの敵ではないわ！　ドラッ、スイッ、返り討ちにしてくれるぞ！』

『当然だぜ！　こんなのが俺たちに敵《かな》うわけないだろ！　全部肉に変えてやるぜ！』

『やるよー！　スイ、いーっぱい倒しちゃうもんねー！』

ビビる俺とは対照的に、フェルとドラちゃんとスイは迫りくる巨体のダンジョン豚とダンジョン牛の大群へと自ら向かって行った。

そして……。

ドッゴーン、バリバリバリィィィッ――。

ザシュッ、ザシュッ、ザシュッ――。

ドシュッ、ドシュッ、ドシュッ――。

ザクッ、ザクッ、ザクッ、ザクッ――。

ビュッ、ビュッ、ビュッ、ビュッ、ビュッ――。

ダンジョン豚とダンジョン牛を襲う稲妻。

そしてかまいたちのような斬撃。

縦横無尽に飛び交い、ダンジョン豚とダンジョン牛に風穴を開けていく、炎に包まれたドラちゃん。

ダンジョン豚とダンジョン牛の頭を貫く氷の柱。

高速連射されるスイの酸弾。

フェルとドラちゃんとスイの攻撃が飛び交う。

勇ましく俺たちに向かってきていたはずのダンジョン豚とダンジョン牛の大群が、今は哀れに逃げまどっていた。

「………何とも一方的過ぎて、ダンジョン豚とダンジョン牛が可哀想《かわいそう》になってきたよ」

フェルとドラちゃんとスイ、無敵のトリオに追い立てられて阿鼻叫喚《あびきょうかん》のダンジョン豚とダンジョン牛は着実に数を減らしていった。

そして、数十分後。

『よっしゃ、これで最後だ！　おりゃあっ！』

ドシュッ――――。

炎を纏《まと》ったドラちゃんが高速で飛来し、最後まで残っていたダンジョン牛の特殊個体の横っ腹を貫通していった。

「ブモォォォォォッ」

断末魔の叫びのあと、崩れるように倒れていく巨体。

そして残ったのは大きな肉塊だった。

静まり返った草原。

ダンジョン豚とダンジョン牛の大群は、きれいさっぱり姿を消していた。

「………なぁ、フェル」

『む、ほどほどにとは言っていたが、今回は仕方ないだろう』

『そうだぜー、歯向かってきた奴らが悪い』

『あるじー、お肉いっぱいだよー』

「ハァ～、確かに今回はしょうがないか。倒してもらわなきゃ、俺もヤバかったし。よし、残していくのももったいないからとにかくこの大量の肉を回収するぞ。みんな手伝え」

フェルとドラちゃんとスイとともに、大量の肉塊を拾い集めていった。

「あー、ようやく終わった」

思わず草の上に大の字になってしまった。

『まったく、お主は柔だな』

大の字になった俺の横に座って俺を見下ろしたフェルが呆《あき》れたようにそう言った。

「うるさいなぁ～、拾い集めるのも大変なんだぞ。中腰だから腰に来るしさぁ」

『それが柔だというのだ。ほれ、立て。腹も減ったことだし帰るぞ』

『賛成。俺もいい加減腹減ったぜ』

『スイもお腹減ったよ～』

「あー、はいはい。よっこらせっと」

もう少し休みたいところではあったが、みんなに促されて重い体を起こした。

「じゃ、戻るとするか」

◇　◇　◇　◇　◇

ダンジョンの外に出ると、すっかり辺りは暗くなっていた。

大分時間が過ぎていたようだ。

今回は冒険者ギルドのギルドマスターのジャンニーノさんの依頼でもあるから、遅くなってしまったが、一応冒険者ギルドによってみた。

ジャンニーノさんは今か今かと待っていたようで、ギルドに入ってすぐにやってきた。

依頼はダンジョン豚とダンジョン牛の上位種の肉をできれば10頭分という話だったけど、5頭分余計に渡した。

何せフェルもドラちゃんもスイも張り切り過ぎて10階層、11階層、12階層のダンジョン豚とダンジョン牛の上位種を狩り尽くしたからね、ハハ。

俺のアイテムボックスには大量の肉塊が保管されているし。

ジャンニーノさんも久しぶりに上位種の肉が手に入ったということでホクホク顔だった。

久々ということで、買取金額も高めに設定してくれたようで全部で金貨360枚になったよ。

早々に買取代金をもらって、この街で宿にしている借家へと帰った。

本当なら夕飯はモツ料理をと思っていたけど、疲れてそれどころじゃなかった。

夕飯は簡単に済ませて、モツ料理は明日へ繰り越しだ。

明日は存分にモツを堪能してやるぞ！

第三章　ホルモン焼き

アイテムボックスから昨日のドロップ品のダンジョン豚とダンジョン牛のモツを取り出していく。

葉っぱの包みを開けると……。

「これはハツ《心臓》とレバー《肝臓》とシロ《大腸》、こっちはタン《舌》にミノ《牛の第一胃袋》にマルチョウ《小腸》か。いろいろ入ってるな」

鑑定しながら部位を確認していく。

ダンジョン豚の分もダンジョン牛の分も、嬉《うれ》しいことにいろいろなモツが混在していた。

「いろんな部位があるから、いろいろ出来そうだな。でも、やっぱ最初に食うなら……ホルモン焼きだな！」

ガッツリ食うならやっぱりホルモン焼きしかないだろう。

ＢＢＱコンロもあることだし、炭火で焼いて……。

小腸や大腸の部位を見ちゃうと、一番に食いたくなるのはやっぱりホルモン焼きなんだよね。

滴る脂が炭に落ちて煙をあげていく様を思い出す。

そして、やわらかい食感と口の中に溢《あふ》れる甘みのある脂……。

ジュルリ。

いかん、涎《よだれ》が。

もちろん他の部位もいただくけどな。

そうと決まれば、まずはモツの下処理だ。

面倒だけど、ここをきちんとしないと美味《おい》しくないからな。

俺が楽しみにしているシロやマルチョウの類は特に丁寧に下処理をしないと、すべて台無しになってしまう。

丁寧に丁寧に下処理を。

俺の場合は小麦粉を使う。

ホルモンを出す店でもこの方法でやってるってネットで見てこの方法でやるようになった。

小麦粉を多めに入れて、ひたすら揉《も》んでいく。

こうすると小麦粉が臭いやら汚れやらを吸い取ってくれる。

よく揉んだあとはキレイに水洗い。

臭いが取れているようだったらザルに移して水けをとれば下処理完了だ。

まだ臭うようだったら小麦粉を入れての揉み洗いをもう1度繰り返せばＯＫ。

「分かってはいたけど、手間がかかるな。ま、美味《うま》いものを食うにはこの手間も仕方ないか」

俺は、その後も黙々と下処理を続けていった。

「ふぅ～、何とか用意できたな」

下処理もして、下味もしっかりつけて準備万端。

ホルモンは味噌《みそ》ダレが一番合うだろうってことで、味噌ダレ一択で。

味噌、酒、みりん、砂糖、コチュジャン、おろしニンニク、おろしショウガ、ごま油を混ぜた揉みダレに漬けてある。

下味をつけていない部位用に焼き肉のタレももちろん用意したぞ。

いつものロングセラーの焼き肉のタレのほか、ちょっと奮発して某高級焼き肉店の焼き肉のタレも用意してみた。

あとは庭に出てBBQコンロをセットして焼いていくだけだな。

◇◇◇◇◇

ジュウジュウと肉の焼ける音。

そして、脂が滴り落ちた炭から出る煙。

何とも胃にガツンとくるビジュアルだ。

焦げた味噌ダレの匂いがさらに胃を刺激する。

俺はトングを使って大量のホルモンを焼いていた。

『おい、まだか?』

『早くしろよー』

『あるじー、まだぁ？』

涎を垂らして今か今かと焼き上がるのを待ち受けるフェルとドラちゃんとスイ。

「うーん、ちょっと待って。……これは、大丈夫かな」

香ばしそうに焼き上がったダンジョン牛のホルモンを皿に盛り、みんなの前に出してやった。

「ほい」

『これがあの内臓か。何とも食欲を掻《か》き立てられる匂いではあるが……』

「ま、とにかく食ってみろよ。味は保証するぜ」

『うむ。どれ……』

一口食ったフェルは、弾《はじ》かれたようにバクバク食っていく。

それはドラちゃんとスイも同じだった。

夢中になって頬張っていた。

「ハハハ、美味いだろう。お、こっちももうそろそろいいかな」

ダンジョン豚のホルモンだ。

こっちは豚だからよく焼いた。

はち切れんばかりにプックリといい具合に焼けたホルモンに思わずゴクリと唾を飲み込んだ。

ハッ、買っておいたあれを出さないと。

アイテムボックスから取り出したのは、キンキンに冷えたビールだ。

脂の多いホルモンならキリッと辛口ドライなビールが合うだろうと思い、選んだのはA社のビールだ。

　プシュ――――。

「よし、ビールも準備万端。いざ、実食」

　脂の滴るホルモンをパクリ。

「あつっ、あつっ、ハー、ハー……。熱いけど、美味い！」

　ジュワッと口の中に広がる甘くコクのある脂。

　下味の味噌ダレがこれでもかってくらいに合っている。

　店で食った某B級グルメそのものだ。

　ホルモンを食ったあとは当然これだ。

　ゴクゴクゴクゴク、プハーッ。

「最高！」

　やっぱこれだよこれ！

　たまらん。

　ホルモンをパクパクつまみつつ、ビールをゴクリ。

「ハァ～、ホント最高」

　この奇跡とも言える絶妙の組み合わせにひたっていると、フェルたちのおかわりを要求する声が。

『おい、そっちのも美味そうだ。今度はお主が食っている方をくれ』

『俺もだっ』

『スイもー!』

「はいはい、ダンジョン豚の方ね」

今度はダンジョン豚のホルモンを皿に盛って出してやった。

すぐさまバクバクと食っていくフェルとドラちゃんとスイ。

『ダンジョン豚の方も美味いではないか』

『ああ。しかし、内臓がこんなに美味いとはな』

『うむ。我もこれほどとは思ってなかったぞ』

「モツはなぁ、ちゃんと下処理すれば美味いんだよ。その下処理が手間だけどな」

『おいしーねー!』

そんな感じで、俺たちは炭火で焼いたホルモン焼きを楽しんだ。

ちなみにだが、ダンジョン牛のホルモンも香ばしくてジューシーな甘みのある極上の脂が味噌ダレと絡んで絶品だ。

しかし、モクモクと煙を上げながらホルモン焼きを楽しんでいれば人目につくわけで……。

煙と匂いに釣られてか、通りに面しているこの家をチラチラッと見ていく者が多数。

もちろん鉄柵に囲まれたここに無理に入って来る輩《やから》がいるはずもなく、俺たちはのんびりホルモン焼きを堪能していたわけだが、そんなことはお構いなしの輩が現れた。

『おい……』

ドラちゃんがどうしても気になるようで鉄柵の方をチラチラと見る。

「あー、構うな。無視しとけ」

『そうは言ってもよぉ、あれだけジーッと見られてたら落ち着いて食ってらんねぇよ』

『あの食い物への執念は見上げたものだな』

フェルをしてそう言わしめるとは、恐ろしいぞ。

そーっと鉄柵の方へ目をやると……。

鉄柵にしがみついて涎を垂らした鼻たれ小僧が多数。

昨日気まぐれに助けた冒険者志望の少年少女たちを筆頭に、数を増やした少年少女たちがわらわらと群がっていた。

「何でここにいんのさ……」

そう呆《あき》れるものの、ここで俺たちがホルモン焼きを楽しんでいる限り、あの少年少女たちは立ち退きそうもない。

ドラちゃんが言うとおり、こうも凝視されていては落ち着いて美味いホルモンを堪能できないのも事実だ。

「ったく、しょうがないな」

俺は仕方なしに鉄柵の方へと向かって行った。

◇　◇　◇　◇　◇

「君たち、何か用？」

昨日ダンジョンで出会った孤児院パーティーのリーダーの少年に声をかけた。

「あっ、おっちゃん、じゃなくて兄ちゃん」

君ィ、昨日も言っただろうが。

俺は決しておっちゃんではない。

「で、何か用か？」

「うん。ちょっと兄ちゃんに頼みごとがあってさ」

「頼みごと？」

「うん。実は……」

リーダーの少年ルイスの話によると、昨日スイに頼んで作ってもらった木製のバット、あれを孤児院に持ち帰ったところ、それを見たダンジョンに通う他の少年少女が自分たちも「欲しい！」って騒ぎになったらしい。

それでどうやって手に入れたのかを教えろって大勢から詰め寄られて……。

「俺の話をしたってわけか」

「ごめんな、兄ちゃん。迷惑だからダメだぞって何度も言ったんだけど、みんな聞かなくってさ」

そう言って申し訳なさそうな顔をするルイス少年。

まぁ1階層とはいえダンジョンに入ってるんだもんな。

下手すれば痛い目を見るんだし、よりよい武器を求めるってのもしょうがないか。

「話は分かった。しかし、俺がここにいるってよく分かったな」

「調べればすぐに分かったよ。Sランクのテイマーの冒険者ってすっごい噂《うわさ》になってたぞ。ってか兄ちゃんってSランクのスゲェ冒険者だったんだな！　全然そんな風には見えないけどさ！」

おい、一言余計だぞ。

確かにSランク冒険者には見えないかもしれないけどさ。

「ま、いいや。とりあえずお前ら、中へ入れ。そこで柵にへばりついていられると通りの人にも迷惑だし、落ちついて食ってらんねぇよ」

「だってさぁ、兄ちゃんに会いに来たらスッゲェいい匂いがするんだもんよぉ。なぁ、みんな」

ルイスがそう言うと、周りにいた少年少女がコクコクと頷《うなず》く。

「ハァ、分かった分かった。とりあえずみんな中入れ」

俺は、孤児院の少年少女たちを柵の中へと迎え入れた。

のはいいんだけど…………。

少年少女の視線がＢＢＱコンロに注がれる。

もうすんごいギラギラした目で凝視だよ。

そんな目で見てたって焼きあがったホルモンはフェルたちにあげたから、網の上には何にもないぞ。

まぁ、すぐに焼ける状態ではあるけどさ。

それにしても、みんな飢えた猛獣のごとくギラついた目だね。

食わせるのはいいんだけど、足りるかな？

モツの下処理に手間がかかるから、俺たちが食う分くらいしかしてないんだけど。

……あ、いいこと思いついた。

下処理、こいつらにやってもらえばいいじゃん。

まだまだモツはあるから、食わせる代わりにやってもらおう。

うん、それがいい。

「おまえら、肉、食いたいか？」

そう聞くと、少年少女たちがブンブン首を縦に振る。

「食わせてやってもいいけど……」

そう言った途端にワーッと歓声があがり、いっきにＢＢＱコンロの周りに腹を空《す》かせた少年少女が群がった。

「ちょーっと待った！！　こっち注目っ。まずは、俺の話を聞きなさい」

「何だよ兄ちゃん。食わせてくれるんじゃないのかよ？」

ルイスが不満げな顔をしてそう言う。

周りの少年少女も不満げな顔だ。

「おいおい、誰もタダで食わせるとは言ってないぞ。いいか、食わせる代わりにこのあとちょっと仕事を手伝ってもらうからな。それでもよければ食わせてやる。どうだ？」

「何だ、そんなことか。金を払えっていうんじゃなければいいぞ。みんなもそうだろ？」

ルイスがそうみんなに問いかけると「ああ」と言う返事がそこかしこからあがる。

「よし、そんじゃちょっと待て」

アイテムボックスからフォークと皿を取り出した。

少年少女は総勢21人。

何とか手持ちの物で間に合った。

「よし、焼いていくからな」

再びホルモンをＢＢＱコンロで焼いていく。

ジュウジュウと食欲をそそる音と匂いが立ち込める。

『おい、小童《こわっぱ》どもだけでなく我らも食うからな』

フェルがぬぅっと顔を覗《のぞ》かせてそう言った。

「うおっ、デカい狼《おおかみ》がしゃべったぞ！」

「スッゲー！　しゃべる狼なんて初めて見たー！」

「私も初めて見た！　スッゴーイ！」

人語をしゃべるフェルに驚く少年少女。

孤児院の子どもたちはフェンリルのことは知らないみたいだ。

御伽噺《おとぎばなし》で知っている子もいるかもしれないが、フェルがフェンリルだとは分かっていないんだろうな。

子どもということもあって、怖い物知らずなのかフェルに興味深々のよう。

隣にいるドラちゃんとスイにも興味津々だ。

そうは言っても、食欲の方が勝っていた。

「焼きあがったぞ」

そう言った途端にフェルもドラちゃんもスイも押《お》し退《の》けて我先にと皿を出してくる少年少女。

これにはフェルもドラちゃんもスイも唖然《あぜん》としていたね。

とりあえず腹ペコの子どもたちの皿に焼けたホルモンを載せてやってからフェルたちの皿へ。

『我等《ら》を押し退けるとは、この小童どもなかなかやるな』

ホルモンを食いながらフェルがそうボヤいてたよ。

当の子どもたちはというと「これ変わった食感だけど美味いな」なんて言ってホルモンをペロッ

と完食。

当然こんなもんで腹が満たされるわけもなく、次々と追加のホルモンを焼くことになった。

ホルモンがダンジョン豚とダンジョン牛の内臓だと知ったときは「えっ、それハズレじゃん」とか「ブヨブヨして気持ち悪いやつ」とか言って驚いてたけど、美味いならそんなのは関係ないのかバクバク食ってたな。

食欲旺盛な子ども21人とフェルとドラちゃんとスイがモリモリ食ってれば、用意したホルモンもすぐに尽きるわけで……。

「ありゃ、もうない。とは言っても今から下処理するとなると時間がかかるし。ここはしょうがない、ダンジョン豚とダンジョン牛の肉を出すか。もちろん普通のだけど」

子どもに上位種は贅沢《ぜいたく》過ぎる。

普通のダンジョン豚とダンジョン牛の肉でも子どもたちは大騒ぎだったけどな。

滅多に食えないご馳走《ちそう》だって、みんなしてこれでもかってくらい腹に詰め込んでたぜ。

ったく少しは遠慮せいっての。

◇　◇　◇　◇　◇

「ふ～、食った食った」

満足気にそう言って腹をさするルイス少年。

「お腹《なか》いっぱい～」

「こんなに肉食ったの初めて。幸せだなぁ」

「おいしかった～」

パンパンに腹を膨らませた少年少女も一様に満足そうだ。

「よーしお前ら、少し休んだら約束どおり仕事手伝ってもらうからな」

「「「「エエーッ」」」」

美味い肉の余韻に浸っていたところへの俺の言葉に、子どもたちはちょっと不満げだ。

「エーじゃないよ。そういう約束だったろ。腹いっぱい食ったんだから、その分働け」

そういう約束だったんだから、ここはしっかりと働いてもらうぞ。

「ま、しょうがねぇよ、みんな。そういう約束だったんだし。それに美味い肉腹いっぱい食わしてもらったんだしさ」

ルイス少年がそう言うと、子どもたちの間から了承の言葉が次々とあがった。

「確かになぁ」

「ま、しゃあねぇか」

「お腹いっぱいお肉たべさせてもらったしね」

フハハハハ、無事人手確保。

大量にあるモツの下処理、全部やっていただこうじゃないの。

そうすれば料理に使うときもすぐに使えて手間が省ける。

さぁて、それではやってもらうとしましょうか。

◇　◇　◇　◇　◇

「ほれ、休んでないで揉み込め揉み込め」

「疲れたよぉ～」

「泣き言言わない。食った分はしっかり働く」

「ブー」

只今《ただいま》、借家のキッチンにて子どもたちにモツの処理を指導中。

特に量が多い小腸や大腸、いわゆる白モツの処理をやってもらっている最中だ。

大きめのボウルに白モツを入れて小麦粉を入れてよく揉み込む。

そして水で洗い流す。

最初は「うへぇ、ブニョブニョする～」とか「何か見た目がキモい」とか言いながらはしゃいでいた子どもたちも、何度目かになると、さすがに「疲れたぁ」とか言ってブーブー文句を垂れるようになった。

確かに力仕事だし、大変だからなぁ。

しかし、約束は約束。

休憩も挟みつつしっかり働いてもらったよ。

今日だけで大量のモツ全部の処理は無理だったけど、大量にあったモツの中でも一番量が多かった白モツの処理も3分の2くらい終わった。

今更だけど、これ俺1人でやろうと思ったら大変だったよ。

やっぱり人手が多いと仕事が進むね。

「あ〜、疲れた。兄ちゃんも人使いが荒いぜ」

そうルイスがボヤいた。

ルイス少年のその言葉に他の子どもたちも無言のままウンウンと頷いた。

他の子どもたちもヘトヘトという感じだ。

「まぁ、何だ、すごく助かったよ。ありがとな、みんな。それによくやってくれたから、ほれ、別報酬だ」

子どもたちの前にダンジョン豚の肉塊を2つほどドドンと置いた。

孤児院にどれくらいの子どもがいるのかは分からないけど、一人一人にステーキは無理でもたっぷり肉の入ったスープやら炒《いた》め物《もの》で十分満腹になるくらいの量はあるはずだろう。

普通のダンジョン豚のドロップ品の肉塊でもかなりの大きさだからな。

「「「「「うぉぉぉぉぉッ」」」」」

ダンジョン豚の肉塊を見た途端にヘトヘトだったはずの子どもたちのテンションが上がる。

「兄ちゃん、いいのかっ!?」

ルイスが興奮した様子でそう聞いてくる。

「ああ。みんなよく働いてくれたからな」

そう言うと子どもたちの歓声が上がった。

「それで、どうする？　これ、けっこう重いけど持って帰れるか？　何なら運んでくけど」

「それは大丈夫。おい、ヘラルド、2～3人連れておっちゃんの店で板を借りてきてくれるか？」

「分かった」

ルイスと同じ孤児院パーティーのメンバーのヘラルドが3人を引き連れてどこかへ出かけていき、少しして木の板を持ち帰ってきた。

何でも、時々下働きさせてもらっている知り合いの店がここの近くにあるらしく、そこで板を借りてきたのだそうだ。

「よし、これに載せてみんなで運べば大丈夫」

なるほど。

これなら、みんなで持ち上げて運べるな。

子どもたちも孤児院にいい土産ができたとはしゃいでいる。

さっきまで疲れたって言ってグデーッとしてたのに、まったく現金なもんだぜ。

でもま、その方がこの後のことも頼みやすいってものだ。

「ルイス、ちょっと聞きたいんだけど、さっき下働きしてるって言ってただろ。それ、1日でどれくらいになるんだ？」

「ん？　給金か？　1日やって銅貨7～8枚ってところだな。安いけど、俺たちには現金を手に入れる機会なんてそんなにないからありがたい仕事なんだぜ」

そうかそうか、いいこと聞いた。

なおさら頼みやすいし、これなら受けてくれそうだな。

「なるほど。そこでちょっと相談なんだけどさ、実はな、まだまだモツがあるんだ。明日もこの仕事してくれたら、1人に銀貨1枚払うけど、やらないか？　もちろん飯はご馳走するぞ」

「その話ホントか、兄ちゃんっ!?　やるやるっ、絶対やる！」

「おいおい、みんなに相談しなくていいのか？」

「おっと。でも、みんなやるって言うと思うぞ。ちょっと待ってて」

ルイスが他の子どもたちに話を持ち掛けた。

「もちろんやるぞ！」

「銀貨1枚に飯か！　やる！」

「また美味い飯にありつけるんだろ！　やるに決まってるじゃん！」

「絶対絶対やるっ！　銀貨1枚に飯が食えるんだもん！」

ルイスから話を聞いた子どもたちも多いに乗り気で「やるやる」の大合唱だ。

「兄ちゃん、聞いてただろうけど、全員一致でその仕事やるって決まったぞ」

「そうか、良かった。じゃ、みんな明日お願いな」

そう言うと、子どもたちからは元気な返事がきた。

「うんっ」

「また明日来るぜー」

「分かった！」

「明日も美味い飯期待してるからな！」

そしてワイのワイの元気にしゃべりながら孤児院へと帰る子どもたち。

もちろん、お土産のダンジョン豚の肉塊は忘れない。

「あっ、ちょっと待った！　こん棒はどうする？」

俺は、子どもたちが帰るのを見て、ここに子どもたちが来た目的を思い出した。

「あっ、そうだった！」

子どもたちも肉塊でテンションが上がってすっかり忘れていたらしい。

引き返してきた子どもたちからこん棒（まぁ堅めの薪《まき》なのだが）を預かってスイにお願いした。

「スイ、これを昨日と同じ感じにしてもらえるか？」

『うん、いいよー』

スイにこん棒を渡すと、時間もかからずに次々とバットにしてくれた。

それを子どもたちに渡していくと「おお、スゲェ」と感動しきり。

みんな早速ブンブン振り回して使い心地を確認していた。

「んじゃ仕切り直して、みんな明日頼むぞ」

「「「「「おう」」」」」

子どもたちは、お土産のダンジョン豚の肉塊と木製バットを嬉しそうに持ちながら帰っていった。

おそらく明日で大量のモツの下処理も全部終わるはず。

そうすれば、ホルモン焼きはもちろん、モツ鍋やらモツ煮やらといろいろすぐに作れるな。

楽しみだ。

次に食うモツ料理は、〆《しめ》も美味いあれかなぁ。

◇◇◇◇◇

早めに朝飯も済ませて、子どもたちが来るのを待っていると……。

「兄ちゃん、来たぜ～」

「おう、いらっしゃ……い？　え、ちょっとちょっと、人数多くないか？」

ゾロゾロとやって来た子どもたちは、明らかに昨日よりも多い。

「いやぁ、それがさぁ……」

チラチラと俺を見ながらバツが悪そうにそう言うルイス。

話を聞いてみると、要は昨日と同じパターンだ。

ダンジョン豚の肉塊を持ち帰ると、それを見た子どもたちが「どこで手に入れてきたんだ？」って話になって、おしゃべりな子どもたちの口からはホルモン焼きを食ったことやらモツの下処理の話が出た。

当然、今日の話題にもなって、モツの下処理の仕事をすれば銀貨1枚もらえて美味い飯にもありつけるとなれば……。

「それでこの人数か。ま、人手があるのは仕事がはかどっていいけどさ」

「なんか、今日仕事ない奴《やつ》のほとんどがついて来ちまった」

子どもたちの集団を見るからに、おそらくは昨日の倍はいるだろう。

「それに何かわからんけど、特に将来料理人になって屋台だとか飯屋をやりたいって奴が絶対に行くからなって息巻いてさぁ」

「何かわからんけどって、お前、そりゃモツの処理の方法が知りたいってことだろう」

昨日のことを話したならそれしかないよな。

「え、何で？」

「お前、昨日食ってどうだった？」

「すっげぇ美味かった！」

昨日食ったホルモン焼きを思い出したのか「口の中でジュワァって」などと言うルイス。

「そうだろ。で、あの肉は何だって言ったっけ？」

「…………あっ！　そっか、あれって〝はずれ〟だった！」

ようやくルイスも気がついたようだ。

モツがここのダンジョンのいわゆる〝はずれ〟で、ほとんどの冒険者はその場に捨て置くようなものだということに。

ダンジョン豚にしてもダンジョン牛にしても、ドロップ品一つでもけっこうな量がある。

知り合いの冒険者にでも頼んでモツの一つでも持ち帰ってもらって、それを安く譲ってもらったならば、店をやるにしても十分やっていけるのではなかろうか。

今までは、あの見た目と処理が不十分でただ不味《まず》いと思われていたものが、美味く食える方法があるならば、料理人を目指す者ならそれを知りたいと願うのは当然の話だろう。

「でもさ、いいのか兄ちゃん。そういうのは秘密にするんじゃないのか？　飯屋とかでも秘伝のーっとか言ってなかなか教えてもらえないって聞くぞ」

「うーん、まぁなぁ。俺がもしここで飯屋をやりますって話になれば違ったかもしれないけど、そんなつもりは今のところないし。美味いもんを食えるようになるのはいいことだしな」

「そっか。ありがとな、兄ちゃん」

「まぁ、仕事はしっかりしてもらうからな。……ってかさ、さっきから気になってるんだけど、こんなちっちゃい子まで連れてきてどうするんだよ」

俺の視線の先には年長の子どもと手をつないだ5歳くらいの幼児がいた。

それもざっと数えただけでも6人はいる。

兎耳《うさぎみみ》の獣人の男の子1人と犬耳と猫耳の獣人の女の子2人、人間の男の子2人に女の子が1人だ。

どの子も当然何のためにここに来たのかも何をするのかもわからないだろうけど、年長のお兄ちゃんお姉ちゃんに手をつないでもらって嬉しそうにニコニコしていた。

「それが、行くって言って聞かなくて。置いていこうとすると泣くんだぜ……」

この幼児たちにはルイスもほとほと困ったようだ。

ギャン泣きされて仕方なく連れてきたそう。

「ま、まぁ、連れてきちまったもんはしょうがないか」

「ホント、兄ちゃんごめんよ」

◇◇◇◇◇

『おい、何で我が小童どもの面倒を見んといかんのだ?』

「フェルだけじゃないぞ。ドラちゃんとスイにもお願いしたもんな」

『俺はガキは苦手だからな。フェル中心で俺はあくまで手伝いだぞ』

『スイはねー、みんなと一緒に遊んであげるのー』

幼児たちの横でスイがポンポン飛び跳ねる。

それを見て幼児たちはキャッキャッはしゃいでいた。

「おおかみしゃん〜」

人間の女の子のフローラちゃんがフェルにしがみ付いた。

「あ、ずるいー、わたちもー」

猫耳の獣人の女の子のデビーちゃんもそれに続いた。

そうなると残りの幼児たちも「ぼくもー」「あたちもー」とフェルにしがみ付く。

『お、おいっ、小童ども、放せっ』

よってたかって幼児にモフられて焦るフェルがちょっと笑える。

「天気もいいことだし、子どもたちを庭で遊ばせながら面倒見ててくれよ。みんなフェルに懐いているみたいだし、よろしく頼むな。俺たちは昨日と同じくモツの処理してるから」

『ちょっ、ちょょっと待て!』

「じゃ、お願いな。あ、ケガさせないように注意な。それと敷地の外に出ないようにもな。ドラちゃんとスイもフェルと一緒に子どもたちの面倒見てやってくれな。夜には美味いもん作るから」

『ったくしゃーねぇなー』

『ヤッター！　スイがんばるよー！』

『覚えていろよっ、お主ー！』

フェルが何か言ってるが、聞こえない聞こえない。

「お、おい、兄ちゃん、大丈夫なのか？」

「大丈夫大丈夫。フェルもドラちゃんもスイも頼りになる奴らなんだから。それよりも、昨日の続きだ。今日中にモツの処理を済ませたいから、みんながんばってな！」

それからは、年長の子どもたちには昨日に引き続いてモツの処理をがんばってもらったよ。

残っていた白モツの処理にレバーやらハツ、ハチノスなんかもやってもらった。

レバーは、今回は手元にある塩と酢を使って下処理をする。

塩と酢を揉み込んで10分から15分くらい置いて、その後は水が透明になるまで水を替えながら洗っていけばＯＫだ。

牛乳に漬け置く方法もあるけど、塩と酢でもできるって知ってからは手元に牛乳がない場合はこの方法でやっている。

あとは早く下処理したいときとかね。こっちの方がちょっとだけど時間短縮できるし。

ハツは切り込みを入れて血の塊やらをとって水洗いし、塩水の中で揉み洗いをしてから冷水にさらしておく。

ハチノスの下処理はモツの中でも一番面倒と言えるが、そこはがんばってやってもらった。

温度違いの湯につけて黒い皮を剝《む》けやすくしてから、スプーンで黒い皮をこそげ落としていく。

根気の要る作業だけど、これをしないと臭みがあって食えたもんじゃないからな。

黒い皮を剝いたハチノスの処理はゆでこぼしたりと、これまた時間のかかる作業なので、これは俺が担当することに。

その間子どもたちは多少の文句を垂れつつも、着々とモツの下処理をしてくれたよ。

中でも料理人志望の子どもたちは、「なるほど、こうすれば臭みがとれるのか」とかブツブツ言いながら熱心に作業していたな。

俺にもいろいろと聞いてきたし。

ま、俺も分かる範囲でいろいろと教えてあげたよ。

そんな感じで作業も進み……。

「よし、終わった。みんなご苦労様」

俺がそう言うと、子どもたちの間から歓声があがった。

人手があったこともあって、思ったよりも早めに作業は終了した。

「さて、約束の飯だ。人数が多いから庭で食うぞ」

そう言うと再び子どもたちから歓声が。

そして喜び勇んで庭へと飛び出していく子どもたち。

それを追いかけて庭に出ると、庭で遊んでいたはずの幼児たちが遊び疲れてフェルに寄りかかってぐっすり眠っていた。

スイも幼児たちにまぎれてぐっすりおねむ。

『お主、やっと来たか……』

フェルが何か疲れた顔してるんだけど。

『この小童どもをどうにかしてくれ。我の毛を引っ張るわよじ登ろうとするわで、此奴《こやつ》らは魔物なぞよりよほどたちが悪いぞ』

あー……、幼児なだけに怖い物知らずでやりたい放題だったわけね。

ご愁傷様。

でも、おかげでこっちは助かったよ。

ルイスたちに言って、フェルに寄りかかってぐっすり眠る幼児たちを起こしてもらった。

若干グズッていた子もいたけど、美味いものが食えると話すとパッチリと目を開けた。

『フゥ、助かったぞ……』

「ご苦労様。これから飯にするけど、フェルも好きなから揚げだからいっぱい食って元気出せよ」

『うむ。美味い飯を食って英気を養わねばやってられんわ』

その後はみんなでから揚げパーティーだ。

昨日の夜のうちにダンジョンで仕入れたコカトリスの肉で大量に作っておいた。

醤油《しょうゆ》ベースのたれを揉み込んだオーソドックスなから揚げと塩ベースのたれを揉み込んだ塩から揚げ。

子どもたちにはどちらも人気で見る見るうちに減っていく。

フェルもドラちゃんもスイも負けじとバクバク食っている。

「から揚げ、美味いか？」

子どもたちに聞くと、口いっぱいにから揚げを頬張った子どもたちがコクコク頷く。

「まだまだあるからゆっくり食え」

そう言ったけど、我先にとパクついていたな。

「あっ、忘れてた！　これ、兄ちゃんにって」

ルイスがから揚げを食いながら思い出したように懐から紙を取り出した。

「何だ？」

「院長先生から預かってきた。兄ちゃんに渡してくれってさ」

手紙を読んでみると、院長先生からのお礼の手紙だった。

丁寧にお礼の述べられた手紙に、若干むず痒《がゆ》い思いが。

ただ肉を持たせただけなのにな。

中には直接会ってお礼が言えないことが申し訳ないということも書かれていた。

何でも手伝いに来ていた人が辞めて、今は院長先生とシスター２人で何とか孤児院を切り盛りしている状態でとても忙しいそうだ。

ルイスの話では子どもたちは60人前後はいるみたいだし、中には乳飲み子もいるということだから本当に大変だと思う。

この街にいる間に、少しだけど寄付でもしておこうかな。

何の目的に使われるかわからん寄付なら嫌だけど、子どもたちのためなら惜しくはないからな。

◇　◇　◇　◇　◇

「はぁ～、美味かった」

「美味しかったぁ」

「もう入らない」

腹をさすりながら満足そうに口々にそう言う子どもたち。

やっぱりから揚げはハズレないねぇ。大量に作っておいて正解だった。

「師匠、この〝から揚げ〟の作り方も教えていただきたいですが、それよりも先ほどの臓物をどのように調理するのか是非とも教えていただければっ」

………………師匠て、俺は君の師匠になったつもりはないよ。

「そうですよ、師匠。是非とも臓物の調理の仕方を我々にお教えください！」

えーと、だからね、俺は君の師匠にもなったつもりもないよ。

ちゃっかり俺のことを師匠呼びするこの2人は、料理人志望の子どもたちの中でもとりわけ熱心に俺に質問してきたメイナードとエンゾだ。

「師匠、是非とも！」

「是非とも！」

迫るメイナードとエンゾ。

「あー、分かった分かった。でも今日はもう遅いから、今度な」

「今度っていつですかっ？」

「明日ですかっ？」

「「ハッキリしてください！」」

何だかわからんが、すごい気迫の2人。

「あ、あー、明日っ。明日の朝、今日来たくらいの時間でっ」

メイナードとエンゾの気迫に押されて、思わずそう言ってしまった俺。

ニッコリ笑ったメイナードとエンゾが「では、また明日伺います」と。

はぁ、何だか知らんが明日は2人にモツ料理を教えないといけないみたいだ。

あ、賃金の銀貨1枚は帰る間際にそれぞれにちゃんと渡したぞ。

みんな嬉しそうに銀貨1枚を握りしめてたよ。

「師匠、よろしくお願いします！」

「約束どおり臓物の調理の仕方を教えてください、師匠！」

「あのね、2人とも来るの早いから。それとね、その師匠っての止《や》めてくれないかな。だいたい君たちとは昨日会ったばっかりでしょ」

「いえ、師匠は師匠ですから」

「そうですよ、師匠」

「いやね、ハァ～……」

何を言っても〝師匠〟呼びを直しそうにないメイナードとエンゾに、俺は諦めてため息を吐いた。

昨日勢いに押されてメイナードとエンゾにモツ料理を教えることにしたものの、約束よりも大分早い時間に2人の突撃を受けていた。

朝飯を食って人心地ついたところだったってのに。

「師匠、早く臓物の調理の仕方を教えてくださいよー」

「そうですよ。俺たちにとっては重要なことなんですから」

「はぁ、分かった分かった。とりあえずついて来て」

俺は仕方なしにメイナードとエンゾをキッチンに案内した。

「モツ、臓物の調理の仕方って言っても、そんな特別なもんじゃないぞ。一番重要なのは、昨日2人にもやってもらった下処理だからな。あの下処理をきちんとやりさえすれば、臭みもなく焼いても煮ても美味《うま》い」

「「なるほど」」

「特にモツの中でも量が多かった白モツ……、これだな」

そう言いながら俺は昨日下処理してもらった白モツをアイテムボックスから取り出して2人に見せる。

「これなんかはブツ切りにして普通に塩胡椒《こしょう》して焼いても美味いし、タレに漬け込んでから焼いても美味いぞ。要はこの街の屋台で売ってるダンジョン豚やダンジョン牛の肉と同じだよ。あれがダンジョン豚やダンジョン牛の臓物に変わっただけだ」

「なるほど。ということは、串焼きにしてもいけると」

「もちろん」

そう言うと、何故《なぜ》かメイナードとエンゾが顔を見合わせてニンマリしている。

「おいエンゾ、これはいけるぞ！」

「ああ。俺たちには2人で試行錯誤して作った究極のタレがある」

食の聖地とも言われるローセンダールで料理人を目指しているだけあって、2人は既に独自のタレを開発していたようだ。

「焼きはそんな感じで分かったと思うけど、煮る方はどうする？　作ってみた方がいいか？」

「是非！」

「是非とも！」

2人ともまずは屋台から始める予定らしく、煮物でも屋台で出せそうな物なら考える余地はあるから知りたいとのことだった。

「ま、こっちもいろいろとあるにはあるんだけど……」

モツ鍋は屋台には不向きだろうし、モツ煮だと醬油《しょうゆ》や味噌《みそ》が必要になってくるからなぁ。

醬油や味噌が手に入らない以上は教えることはできないだろう。

そうなると、トリッパ風にトマト煮込みが一番無難かな。

これならここで手に入るものでもなんとかいけそうだし。

「よし、トマト煮込みを作るぞ」

◇　◇　◇　◇　◇

「よし、下処理はこんな感じでいいかな」

ハチノスと白モツを適当な大きさに切って、水から煮ていきゆでこぼしの作業を2回ほど行ったうえ水洗い。

ダンジョン豚の白モツでも美味いとは思うけど、トリッパ風ということで、今日はダンジョン牛のモツ、ハチノス《トリッパ》と白モツを使うことにした。

「すぐ使えるもんだと思ってましたけど、臓物の料理は手間がかかるんですねぇ」

俺の指示の下、ゆでこぼしの作業をしていたメイナードがそう言った。

「わざわざ小麦粉や塩を使って作業したんだから、それですぐに使えるものだと思ってました」

メイナードに続いてエンゾもそう言う。

「まあな。焼くなら昨日の下処理だけでも問題ないけど、煮込みにするならこの〝ゆでこぼし〟の作業はやったほうがいいぞ。アクやぬめりやらが取れて断然美味くなるからな」

「「なるほど～」」

メイナードもエンゾも調理の仕方をしっかり覚えようと目は真剣だ。

「材料も用意してあるから、さっそく作っていこう」

2人がモツのゆでこぼしの作業をしている間にネットスーパーで材料を購入済みだ。

「じゃ、こっからはそれぞれ手分けして作業してもらうぞ。メイナードにはトマトの水煮を作ってもらうことにして……」

本当なら缶詰を使うのが簡単なんだけど、そうもいかないから一から作ることにした。

まぁ、トマトの水煮なら皮を湯剝《ゆむ》きして水と塩を入れてアクをとりながら煮詰めれば出来るし。

「エンゾには野菜類を切ってもらう」

タマネギ、ニンジン、セロリを5ミリくらいの角切りにして、ニンニクはみじん切りに。

グツグツグツ――――。

トントントン――――。

メイナードもエンゾも料理人を目指しているだけあってなかなかの手際だ。

「よし、トマトの水煮も出来たし、野菜も切り終わったな。そうしたら次行くぞ。まずは鍋にオリーブオイルをひいてニンニクのみじん切りを入れたら弱火で炒《いた》めていく」

黄金色のオリーブオイルの中でニンニクのみじん切りがゆっくりとローストされていく。

「こんな感じでニンニク、俺の故郷ではガーリケのことニンニクって言うんだけどな、その香りが出てきたところで、さっきエンゾに切ってもらった野菜と……、これ、ローリエの葉を1枚入れて炒めていく」

こちらの世界には乾燥ハーブ類はそれなりにあって、ローリエも割と手に入りやすいものだから大丈夫だろう。

「こんな感じでタマネ……じゃなかったオネオンが半透明になったら、モツを入れてさっと炒める。あとはメイナードに作ってもらったトマトの水煮と干し肉のもどし汁、それからヒヨ豆の水煮を加えてコトコト煮込んでく」

本当ならコンソメの素を使いたいところだけど、さすがに2人の前ではそうもいかないから前に買ってアイテムボックスの中にあった干し肉を水でもどして、そのもどし汁を使うことにした。

ヒヨコ豆の水煮っていうのは、ネットスーパーで買ったヒヨコ豆の水煮だ。

ヒヨコ豆の水煮缶を買って、それをあらかじめ皿に移しておいた。

こっちの世界にもヒヨコ豆っていうヒヨコ豆にそっくりな豆があるから問題ないだろう。

白いんげんか大豆の水煮でもいいんだけど、こっちの世界で豆と言えばこのヒヨコ豆だからそれに似たヒヨコ豆にしてみた。

「あとはモツがやわらかくなったら、最後に塩胡椒で味を調えて出来上がりだ。割と簡単だろ」

真剣に手順を見ていた2人に話を振ると、2人とも頷《うなず》いた。

「この臓物の料理というのは、いかにきちんと臓物の下処理をしたかにかかってくるということですね、師匠」

「そういうことだ、メイナード」

「正直、小麦粉と塩がもったいないと思いましたけど、美味《おい》しく食べるためのことなんですね」

「ああ。とは言っても、小麦粉も塩もそれほど大量に使うわけでもないと思うんだけど。エンゾも昨日の作業で大体の量は覚えただろ？」

「ええ」

エンゾは俺の言葉に何か考え込むように「あの大量にあるドロップ品一つに対して小麦粉が中コップに……」などとボソボソとつぶやいている。

「確かに考えてみると大量というほどでもないですね」

「そうだぞエンゾ。それにほらうちは……」

メイナードの話では、孤児院の援助として小麦粉と塩は現物支給らしく、十分以上の量が支給されているらしい。

それというのもこの地方は小麦の一大産地でもあり、岩塩の産出地でもあるためだ。

実際、この街に関しては肉ダンジョンがあるおかげで肉で有名だけど、周りの農村では小麦がさかんに栽培されているそう。

言われて見ればこの街にくるまでに小麦畑をけっこう見たような気がするな。

そうこうするうちに……。

「お、もうそろそろいい感じ。あとは塩胡椒で味を調えて……、はい、出来上がり」

「ゴクリ……。これは具沢山で美味そうですね」

「匂いも美味しそうです」

「あ、胡椒は高いから、ないようだったらなくても大丈夫だと思う。あとな、乾燥バジルを入れてもけっこう美味いぞ。ま、その辺は臨機応変に、いろいろ試してみたらいい。とりあえず試食だ」

メイナードとエンゾ、それから俺の分を皿に取り分けていると……。

いつの間にかいたよ、うちの食いしん坊たちが。

「あー、フェルたちもってことね」

『当然だ』

フェルとドラちゃんとスイのいきなりの登場にメイナードとエンゾはかなりビビッていた。

俺の従魔だから大丈夫だって説明したら腰は引けているがなんとか落ち着きを取り戻したけど。

「フェルたちが腹いっぱいになるほどは作ってないから、本当に味見程度だぞ」

そう言ってフェルたちにも取り分けた。

『なんだ、本当に少しなのだな』

『味見程度ってんだから仕方ないさ。美味かったら作ってもらおうぜ』

『ちょびっとだねぇ』

やっぱりフェルたちにとっては少な過ぎるようだ。

「だから味見程度って言っただろうが……」

文句を言いながらもフェルたちがトリッパ風モツのトマト煮込みを食っていく。

「ほら、メイナードとエンゾも食ってみろよ」

2人は頷くとモツのトマト煮込みをスプーンですくって口の中へ。

そしてじっくりと味わう2人。

「美味しい……。臭みが多少あるんじゃないかと思ってましたけど、そういうのは全然なくてとても食べやすいです！　それに、やわらかく味の染みた内臓肉がたまらない美味しさです！」

「内臓というと、独特な味わいなのではと思ってましたが、これはさっぱりといただけますね。すごく美味しいです！　トマトの酸味とあいまって食が進みます。それにこの料理は具沢山で食べ出があるし、パンにもすごく合うと思います」

美味い美味いと皿に盛ったトリッパ風モツのトマト煮込みを2人はペロリとたいらげた。

「フフフフフ、エンゾよ、これで俺たちは勝てるぞ」

「フフフフフフ、そうだな、メイナード。これで俺たちは勝てる」

「「フフフフフフ」」

え、何？

いきなりメイナードとエンゾが壊れた。

「俺たちの究極のタレを使った焼き物とこの煮込み……、完璧だ！」

「ああ。これならば上位を狙えるぞ！」

…………何の話？

「なぁ、さっきから何の話してるんだ？」

「あ、すみません師匠。俺たちだけで盛り上がってしまって」

「でも、師匠のおかげで俺たちも希望が持てました。肉ダンジョン祭りで上位を狙えそうです！」

「肉ダンジョン祭り？」

メイナードとエンゾから話を聞くと、肉ダンジョン祭りというのはこの街の活性化を目的に8年ほど前から年に1度開催されるようになった祭りで、肉ダンジョン産の肉をみんなに味わってもらおうという趣旨らしい。

開催は3日間で、期間中は肉ダンジョン産の肉を使った料理の屋台が通りを埋め尽くすそうだ。

今年の肉ダンジョン祭りは10日後からで、店を構える有名店もこのときばかりは屋台を出すという。

「年々増えて、去年なんて１００近い屋台が出店したんですよ！」

「そうそう。そして、この祭りのおかげで俺たちや、出来たばっかりの新しい店にもチャンスができたんですよ！」

この２人にとって肉ダンジョン祭りは大きなイベントらしく、話しているうちにだんだんヒートアップしていく。

何でもこの祭りの期間に限っては、商人ギルドに申請さえすれば誰でも出店できるらしく、２人も屋台を出店するとのこと。

「本当なら商人ギルドに登録してないと商売なんてできないけど、肉ダンジョン祭りの期間だけは特別だから。料理人を目指して修業中の俺らくらいの子たちも腕試しとしてけっこう参加してるんですよ」

そういう子たちは金を出し合って出店するそうな。

「肉ダンジョン祭りのメインイベントは、最終日にある表彰式です。お客さんの投票で決まった美味しい屋台の5位までが発表されるんですよ！」

エンゾが興奮気味にそう言った。

「そうなんです。それでその上位5位に入った店は翌日からは人気店になるんです！　一昨年の4位に入ったマークスさんの屋台なんて、独立して間もなかったのに瞬く間に人気店になったんですから！」

メイナードも興奮気味にそう語った。

なるほど。

有名店の直営とか、店舗がない屋台だけの店とか、独立したばかりの屋台とか、そういうこと関係なしで上位5位までに入ればワンチャンあるってことか。

なかなか夢があるじゃないの。

「俺たちはまだ独立とかそんなんじゃないですけど、ここでもし上位に入ることができれば、有名店で雇ってもらうことも可能になりますんで。それに場合によっては店を任せてもらえる可能性だってあるって聞いてますから」

確かに箔《はく》がつけば選《よ》り取《ど》り見取《みど》りかもしれないな。

それにしても……。

「面白いことを聞いたな。なぁ、それってまだ申請受け付けてるのか？」

「「えっ？」」

「し、師匠、もしかして、出店するつもりですか？」

「何だよ、ダメとでも言うつもりか？」

「い、いや、そんなことはないですけど……」

何故かメイナードもエンゾも困り顔だ。

「肉ダンジョン祭りのこと黙っておけばよかった……」

「強力なライバルが……」

２人がボソボソとそんなことを口走っている。

「何だよ、そんなことを心配してるのか？　モツ料理は出すつもりないから、お前らの方が目を引くんじゃないかな。だってモツなんて出す店ないだろ」

「「確かに……」」

「あ！　エンゾ、それに場所だよ場所。申請は祭りの１週間前まで受け付けてるけど、場所は申請順に割り振られていくから今申請したとしてもいい場所は残ってないよ」

「あっ、そうか。もう残ってるのは端っこのあんまりいい場所じゃないよな。そうなると、いくら師匠でも苦戦するかも」

「まぁさ、面白そうってだけで出店する俺への警戒よりも自分たちのやるべきことをしっかりやった方がいいぞ。上位狙うんだろ？　モツ料理を出すつもりなら、そのモツをどうやって入手するのかとかさ、そういうのしっかり考えなよ」

俺にそう言われて初めて「そうだ！」と気付く２人。

モツの調理法を知ることで頭がいっぱいで、入手先までは考えていなかったみたいだ。

しかし、すぐにハッとすると2人して俺の顔をまじまじと見る。

そして揉《も》み手《で》に猫なで声で……。

「「師匠～」」

「な、なんだよ？」

「「臓物くださいっ！」」

こいつらだんだん遠慮がなくなってきたな。

別にやってもいいけど、どうせならまたちょこっと仕事を。

「やってもいいけど、俺が肉ダンジョン祭りに出す料理の仕込みを手伝え。そしたら、ドロップ品の臓物をそうだな、4つやるぞ」

俺がそう言うと、メイナードとエンゾの2人が協議しだす。

「師匠、そこは5つでお願いします！」

「それと、手伝うのは肉ダンジョン祭り開催の3日前の1日のみで。前日と前々日は自分たちの仕込みがあるんで、ここは譲れませんよ」

モツのドロップ品5つはまぁいいとして、手伝いが3日前の1日のみか。

俺は時間停止のアイテムボックス持ちだから、仕込んだものを腐らせる心配もないし……、うん、まったく問題ないね。

「よし、契約成立だ」

俺はメイナードとエンゾと固く握手を交わした。

『おい、話は済んだか？』

「ん？　何だフェル」

『これ、なかなか美味かったぞ。もっと食うから作れ』

『俺も食いたいな』

『スイもこれもっと食べたいなぁ～』

…………はいよ。

フェルとドラちゃんとスイのリクエストにより、メイナードとエンゾが帰ったあとトリッパ風モツのトマト煮込みを大量に作ったよ。

◇◇◇◇◇

いよいよ明日から肉ダンジョン祭りが始まる。

参加の申し込みも、メイナードとエンゾに話を聞いた翌日に済ませてある。

アイアンランクとはいえ商人ギルドのギルドカードを持っていたから、参加費用の銀貨３枚を払うだけで簡単に申し込みは済んだ。

持っていない場合は、申請書にいろいろと書き込む必要があるらしい。

申し込みを済ませたあとは特にやることもなかったから肉ダンジョンに潜ったりしていた。

フェルとドラちゃんとスイが暇だっていうから、せがまれて3回も肉ダンジョンへ行く羽目になったよ。

しかも、潜るたびに大量の肉塊をゲット。

とんでもない量に、どうしようと思ったもののそのまま捨てておくのはさすがに忍びなくてなぁ。

結局拾い集めたさ。

そんなもんだから、今はものすごい量の肉が俺のアイテムボックスの中へストックされている。

一応冒険者ギルドにもダンジョン豚とダンジョン牛の上位種の肉塊を多めに買い取りに出したんだけど、ギルドマスターのジャンニーノさんにものすごい喜ばれた。

何でも肉ダンジョン祭りを前にして、観光客が増えたこともあって上位種の肉も需要が倍増しているとのことでな。

それでも、コカトリス、ダンジョン豚とダンジョン牛の上位種、ダンジョン豚とダンジョン牛の上位種の特殊個体の肉（当然モツもだけど）は、これでもかってほど大量にあるから大食いがそろい踏みのうちでもしばらくの間肉の心配はいらないだろう。

フェルたちはもう1回くらい潜ってもいいんじゃないかって言ってたけど、アイテムボックスの中が肉ダンジョン産の肉だらけだってのにそれをまた増やすのはさすがに止めてもらったよ。

3日前には、屋台で出す料理の仕込みも済ませてある。

約束どおりメイナードとエンゾの手伝いもあって十分な量を用意することができた。

とは言っても、俺が屋台を出すのは初日の1日だけと考えてるんだけどな。

商人ギルドで話を聞くと、肉ダンジョン祭りは3日間開催されるけど、その期間続けて屋台を出すかどうかは参加者の任意ということだったし。

祭りの話を聞いたフェルとドラちゃんとスイは屋台巡りする気満々だし、せっかくのお祭りだから俺としても屋台めぐりしたいしね。

でだ、俺の屋台で出そうと思っているのは、ズバリ……、ホットドッグ！

なるべくこの世界にある材料で作ろうと思って、ケチャップの代わりにフレッシュトマトソースをかけたホットドッグを出そうと考えた。

屋台で出すものとしてはなかなかいいと思うんだよね。

ソーセージを焼いたものを出す屋台はけっこうあるけど、それをパンに挟んだ店は見かけなかったから、珍しさもあってそこそこ受けると思う。

何より美味いし。

前にも何度か作った手作りソーセージを、メイナードとエンゾの手伝いで大量に作り上げた。

このソーセージはダンジョン豚とダンジョン牛の上位種の肉を使ったぞ。

ミスリルミンサーとか、ソーセージ用の口金とかを見た2人がかなり驚いていたけど、特製だからで通したよ。

ルイスに俺がSランク冒険者だって聞いていたようで、２人とも「Sランク冒険者は金持ってんなぁ」なんて言ってたよ。

ケチャップの代わりのトマトソースは前もって作っておいた。

フライパンに油をひいてみじん切りのニンニクを入れて弱火で炒めて香りを出したら、みじん切りのタマネギを入れて透きとおるまで炒める。

その後はざく切りの生のトマトと固形コンソメを入れて煮詰めて水分がある程度なくなったところで塩胡椒で味を調えて出来上がり。

シンプルだけどいろいろ使えるトマトソースの出来上がりだ。

焼いた手作りソーセージをパンに挟んでトマトソースをかけたらムコーダ特製ホットドッグの出来上がりだ。

メイナードとエンゾにも試食させたけど、絶賛してたよ。

今までは肉は肉、パンはパンで食うものだという固定観念があったようで、パンにソーセージを挟むホットドッグは目から鱗《うろこ》だったみたいだ。

確かにパンに何かを挟んだ料理って、自分で作った物以外では見た覚えがなかったな。

メイナードとエンゾはホットドッグにかぶりつきながら「僕たちも師匠に負けないよう精進します！」なんて言ってたよ。

で、このときのパンは、俺がこの街のパン屋で買ってきたものだったんだけど、2人の話では孤児院で領主様からの援助の小麦の余剰品を使ってパンを作っているって聞いて、これは好都合だと2人に紹介してもらって孤児院にパンの作成を依頼した。

ちゃんとコッペパンの形でお願いしたぞ。

そのときに、院長先生やらシスターたちともお会いしたんだけど、優しそうなお婆《ばあ》ちゃんとおばちゃんだった。

わ、若いシスターなんて期待してなかったんだからな。

人手不足なこともあって忙しそうだったから用件だけ伝えて長居せずに帰ってきたけど、俺のパンの注文にはずいぶん感謝されたよ。

現金収入に繋《つな》がる仕事は何でもありがたいって話だった。

そういうこと聞くと俺もね……。

普段の取引ではパン1個が鉄貨2枚とのことだったから、俺の注文ではコッペパン1個高めの鉄貨5枚として500個注文させてもらったよ。

そんで前払いでその場で金貨2枚銀貨5枚を支払ったら、院長先生は感謝しきりで「土の女神キシャール様のご加護があなたさまにありますように」ってわざわざ祈ってくれた。

既にキシャール様の加護はあるんだけどね。

そんなわけで、孤児院で注文したコッペパンは明日の朝のうちにこの家に届く予定だ。

あとは明日に備えてスタミナのつくものでも食って早めに寝るだけ。

そうなると、タイムリーな食材はモツだよな。

ということで、栄養満点なモツを使って今日の夕飯はモツ鍋にするぞ。

◇◇◇◇◇

グツグツと煮たつ土鍋。

俺の魔道コンロとキッチンの魔道コンロを駆使して、8つの土鍋が火にかかっている。

中にはキャベツとモヤシとニラ、そして要のダンジョン牛の白モツが。

スライスしたニンニクはたっぷりと、鷹《たか》の爪《つめ》はスイがいるからちょっぴり少なめに。

スープは面倒だから市販のものをチョイス。

本場博多の味とある評判の良さそうなものの醤油味と味噌味を購入。

両方のスープを一から作るとなると面倒だけど、市販のものなら入れるだけだからこういう欲張りなことができていいよな。

かつおと昆布のダシと醤油の香り、そして味噌の香りがふんわりと漂う。

「美味そう……」

『おい、まだか？』

『もぅいいだろ？　腹減ったぜ』

『あるじー、お腹《なか》減ったよぅ』

フェルもドラちゃんもスイもモツ鍋の香りにもう待ち切れない様子。

「よし、もういいな。よっと……」

フェルとドラちゃんとスイの前に土鍋ごと置いていく。

「こっちが醬油味のモツ鍋で、こっちが味噌味のモツ鍋な。熱いから気をつけろよ。それと、中の具を食ったらそのままにな。鍋は〆《しめ》が美味いんだから」

そう言うも耳に入っちゃいない様子で、フェルとドラちゃんは風魔法で冷ますことに夢中だし、スイは熱いのなんかへっちゃらで土鍋に覆いかぶさっている。

『うわぁ、これおいしーねー』

『グッ、我も早く食いたいぞ。早く冷めるのだ』

『こういうとき俺らは弱いよな。熱いまま食えるスイが羨ましいぜ』

「ハハッ、そんなガッツかなくてもモツ鍋は逃げないから冷ましてゆっくり食えよ」

さてと、俺は追加のモツ鍋を仕込んでおくか。

フェルたちが、これだけで腹いっぱいになるはずないからな。

土鍋でスープを一煮たちさせて、キャベツとモヤシとニラ、そしてモツにスライスニンニクと鷹の爪を入れてあとは煮えるのを待つだけ。

その間に俺もモツ鍋をいただこう。

まずはスタンダードな醬油味。

ズズッ――――。

スープをゴクリ。

「はぁ～、美味い。カツオと昆布のダシの利いたスープに野菜とモツの旨味《うまみ》が溶け込んでいい味出してるよ」

次は主役のモツだ。

プリプリの食感と溢《あふ》れ出る旨味。

「文句なしに美味い」

野菜にもスープの味が染みていてまた美味し。

「おっと醬油味ばかりじゃなく味噌味も食わないとな」

ということで、味噌味の方もスープから。

ズズッ――――。

「味噌味も美味いなぁ～」

コクのある味噌味にモツの旨味が加わって、こちらも醬油味のモツ鍋に負けない美味さだ。

「どっちも美味い。こりゃ甲乙つけがたいな……っと、そんなことよりビールだビール」

モツ鍋にはビールだろうと、ネットスーパーで買っておいたんだった。

プシュッ、ゴクゴクゴクゴク。

「クー、美味い！」

そしてすかさずモツ鍋を……。

再びビールをゴクリ。

「あ〜、最高」

なんてやっていると、フェルたちからおかわりの声が。

おかわり用に仕込んであったモツ鍋をフェルたちに出してやった。

自分でもモツ鍋を楽しみつつ、フェルたちが数回おかわりを繰り返したところで……。

「よし、もうそろそろ〆に入っていいかな」

醬油味のモツ鍋の〆に用意したのは、中華麺だ。

麺に極上のスープが絡んで正に絶品。

味噌味のモツ鍋の〆は、うどんにしようか雑炊にしようか迷ったけど、雑炊にしてみた。

残ったスープに飯を加えて溶き卵を回し入れて卵雑炊に。

これまたコクのある味噌味のスープが米に絡んで絶品だった。

この鍋の〆はフェルもドラちゃんもスイも気に入ったようで、スープの一滴も残さずすべて完食して満足そうな顔してたよ。

◇　◇　◇　◇　◇

腹いっぱいになったフェルとドラちゃんとスイは早々に寝てしまった。

俺はというと……。

「さてと、デミウルゴス様へのお供えだな。今日はちょっと趣向を変えて、これも一緒に」

旅の途中もデミウルゴス様へのお供えはしていたけど、デミウルゴス様の希望もあって日本酒とプレミアムな缶つまばかりになってたからな。

今日の夕飯はちょうど日本酒にも合うモツ鍋だったから、一緒にどうかと思ってデミウルゴス様の分も用意してある。

すっかり日本酒の虜《とりこ》になってしまったデミウルゴス様だから、お供に抜群のモツ鍋はきっと気に入ってもらえると思うんだよね。

そして、要の日本酒は、今回は週間ランキングの中から選んでみた。

まず1本目は、栃木の酒だ。

低温でじっくりと醸した純米大吟醸で、メロンを思わせるフルーティーな香りに、口当たりが柔らかくほのかな甘味が広がるそう。

近年人気で需要に対し供給が追い付かず入手困難になりつつあるとのことだ。

2本目は、福井県の酒だ。

0℃で2年間熟成させた純米大吟醸酒。

氷温で長期熟成させたことでグレープフルーツのような香りが楽しめるとのこと。

アメリカの日本酒品評会でも3年連続金賞受賞しているそうだ。

ちなみにこのシリーズの酒は、数々の政府主催の式典などに使用されて、世界の要人が集まる席で振る舞われる酒というのが決め手になった。

3本目は、山形の酒だ。

浮世絵のラベルと名前が特徴的で目に付いたので、これを選んでみた。

辛口の純米吟醸酒で、このシリーズの酒の辛口タイプも造ってほしいとの要望で3年の試醸をへて完成させた酒なのだそう。

フルーティーな香りのスッキリとした味わいの辛口酒とのことだ。

この3本と、いつものプレミアムな缶つまを準備。

モツ鍋はすぐに食えるように熱々のまま土鍋ごと。

とりあえずスタンダードな醤油味のモツ鍋で、もちろん〆の中華麺も用意したぞ。

これでOK。

すべてをリビングのテーブルの上に並べて……。

「デミウルゴス様、どうぞお納めください」

『おぅおぅ、いつもすまんの～。楽しみに待っておったところじゃった』

「いつもの日本酒とおつまみの缶つま、そして……、このモツ鍋です。私が作ったものですが、日本酒にも合うと思いますので、どうぞ」

『鍋か！　地球の神様にご馳走《ちそう》してもらったことがあるぞ！　あれは美味かったのう～。日本酒にも抜群に合う食べ物じゃった。それに具を食べた後の〆というのがまた格別でなぁ』

「デミウルゴス様がご馳走してもらった鍋とは違うと思いますけど、このモツ鍋もなかなかのものですよ。この鍋の〆は中華麺なんですが、これも美味いですから」

『ほぉ～、そうかそうか。それは楽しみじゃのう』

「煮えていますので、そのままどうぞ。具を食べ終えたら、〆はこの中華麺を入れて少し煮込んでから召し上がってください」

『すぐに食べられるとは、至れり尽くせりじゃのう。ありがたい。早速日本酒と一緒にいただくとしよう』

テーブルの上にあった酒やら土鍋やらが淡い光とともに消えていった。

『そうじゃ、一応お主には伝えておくが、お主らを召喚したレイセヘル王国じゃが、滅んだぞ』

「え？　お隣のマルベール王国と戦争になったって聞いてますけど、やっぱり負けたってことですか？」

『うむ。案の定負けおったわい』

デミウルゴス様の話によると、戦争を仕掛けたはずのレイセヘル王国は、今までのお返しとばかりに魔族の国からも激しい攻撃にあい、強者揃《つわものぞろ》いのマルベール王国からも逆に攻め込まれていたそう。

しかし、圧倒的な数の兵士によって、それでも何とか両国に対抗していたという。

その圧倒的な数の兵士というのが、奴隷にされた貧民、そして獣人やエルフ、ドワーフで構成されていた。

レイセヘル王国の奴隷には、デミウルゴス様に以前聞いた〝隷属の腕輪〟に似た魔道具を着けさせて歯向かわないよう行動を制限するそうだが……。

『奴隷兵など使い捨て同然じゃからのう。どうせ死ぬのなら散々苦しめられたレイセヘル王国に一矢報いて死ぬ方がマシだと、奴隷たちの反乱にあったんじゃ。これが決め手でな、短期間のうちにレイセヘル王国は瓦解していったわい。王族は全員斬首、戦争に積極的に加担したと言われる王族に連なった王族派と呼ばれる貴族たちも軒並み処刑されたぞ』

魔道具の効果で死ぬかもしれないが、それでもレイセヘル王国に手を貸す形で死ぬくらいならと玉砕覚悟での行動だったらしい。

あの国では奴隷は散々な扱いだったみたいだし、最初に会った贅沢三昧《ぜいたくざんまい》そうな豚王を見るからに、あの国で甘い汁を吸っていたのは王族や貴族連中だけっぽかったからなぁ。

因果応報というか自業自得というか、これも起こるべくして起こった結果なんだろう。

戦わされた奴隷たちについては哀れだと思うけど、レイセヘル王国が滅んだことについての同情の気持ちはない。

「ということは、レイセヘル王国はマルベール王国に併合されるってことですかね？」

『そうなるじゃろうのう。一般庶民はそのことを喜んでいるかもしれんのう。レイセヘル王国では一般庶民は搾り取られるだけ搾り取られていたのじゃからのう』

レイセヘル王国じゃ王族や貴族、そしてそれに通じる一部の裕福な商人以外は、税と称して搾取に次ぐ搾取だったらしい。

マルベール王国も俺が今いるレオンハルト王国と同じく差別のない比較的自由な国らしいし、デミウルゴス様の話では無茶な税を取るような国でもないようだから、大分暮らしやすくなるのではないかと思う。

『そうそう、最後にお主と一緒に召喚された3人の続報じゃ。マルベール王国の王都の教会で結婚式も挙げて名実ともに夫婦となったわい。それに、ダンジョンに仕込んでおいたお主から提供された劣化版エリクサーも無事に見つけよった。それを使って、莉緒《りお》とかいったおなごの腕も元通りじゃ。この3人、実に幸せそうじゃった。幸せなのはいいことじゃ。ふぉっふぉっふぉっ』

………デミウルゴス様、ここでその情報ぶっこんできますか。

莉緒って子の腕が元通りになったのは良かったよ。

それを聞いてホッとしたし、本当に良かったと思う。

大変そうだと思ったから、少しでも役に立てばと金貨100枚もデミウルゴス様に託したよ。

だけど……。
ぐぬぬぬぬ、おのれイケメンめぇぇぇぇ。
美少女2人も嫁にするなんてっ。
羨まし過ぎるだろーーーっ（血涙）。
チクショーーー、悔しいけど、本当の本当に心の底から悔しいんだけど……。
金貨100枚はご祝儀じゃー！
お前ら、幸せになれよぉぉぉぉ！
ハァ～、俺についてるのは従魔が3匹なのに……。
いや、フェルとドラちゃんとスイがどうこうってことはないんだよ、もちろん。
何といってもフェルとドラちゃんとスイは俺の大切な仲間なんだから。
だけどさ、だけどさっ、俺には女性の影もないいんだぜっ。
文句も言いたくなるってもんだよ。
俺に女運がないとはいってもこの仕打ちはあんまりだぜ。
返す返すイケメン爆《は》ぜろリア充爆ぜろと思っちゃうってもんだよ。
ケッ。
俺は俺で明日からの肉ダンジョン祭りを楽しんでやる。
その日の夜は、すさんだ心を癒すように俺の癒しであるスイたんを抱きしめて寝たよ。

Thank you....
おい♡わい
祝

「ウフフフ」

「エヘヘ」

花音《かのん》と莉緒《りお》が俺の腕に自分の腕を絡めてニヤニヤしていた。

「何だよ2人とも」

「だって、ねぇ莉緒」

「ねぇ、花音ちゃん」

「あたしたち夫婦になったんだよ、嬉《うれ》しいに決まってるじゃん」

「そうだよ。櫂斗《かいと》君が私たちの旦那様になったんだもん嬉しいに決まってるよ」

そんなこと言うなんて、花音と莉緒もかわいいじゃないか。

でも、俺だってな……。

「俺も花音と莉緒が嫁さんになってくれて嬉しいよ」

俺がそう言うと花音と莉緒も照れながらも嬉しそうに笑ってた。

もちろん2人の指には俺の贈った指輪が光っていた。

王都の門を出て10分ほど歩いたところにあるダンジョンに俺たちは来ていた。

花音と莉緒の希望で、王都に着いたその日のうちに土の女神の教会に行って結婚式を挙げた。

2人がこだわった土の女神の教会は、古代ローマの神殿のような感じで美しく荘厳な佇《たたず》まいだった。

そこで挙げた結婚式だが、結婚式とは言っても、教会にいくばくかのお布施をして教会の奥にある土の女神様像の前で神官に祈ってもらうだけだから、そんなに時間もかからなかった。

それでも気持ち的にはまったく違う。

この式を挙げたことで、俺たちは夫婦になったんだなってひしひしと感じた。

それが一昨日の話で、その晩は新婚初夜でゴニョゴニョ……。

ま、まぁ、いろいろあって翌日はゆっくり休んで、今日はみんなでダンジョンへと繰り出してきたわけだ。

俺たちも懐に余裕があるわけじゃないしな。

王都に来る旅の準備でいろいろと使ったし、お布施もバカにならない金額だったし。

貧乏暇なしってわけだ。

そんなわけでダンジョンへとやって来たわけだが、さすが王都のダンジョンだ。

入るだけでも冒険者の行列ができていた。

俺たちは、その行列に並んでいる。

「もう少し時間かかりそうだね」

行列を見ながら花音がそう言った。

「しょうがないよ、王都だもん」

「だな」

「ドロップ品いっぱい出るといいね」

「うん。結婚して運が上がったから、いっぱい出るかも」

そういや、神官がそんなことを言ってたな。

教会で結婚式を挙げると運が上がるらしいぞ。

まぁ、そうは言ってもほんの少しみたいだけど。

それでも上がったなら、少しは期待できるかな。

「だといいけどな。でも、2人とも無理だけはするなよ。約束だぞ」

「分かってるよ。それを言うなら櫂斗もだよ。櫂斗に何かあったらあたし……」

「そうだよ。櫂斗君に何かあったら私だって……」

「分かってるって。これからも3人ずっと一緒だ。これからは安全第一でやってこうぜ」

「「うん」」

◇　◇　◇　◇　◇

「セイッ」

俺の得物のロングソードでオークの肩から腹にかけて切り裂いた。

「プギィィイッ」

オークが断末魔の叫び声をあげて倒れる。

そして、ダンジョンに吸い込まれるようにして消えていった。

「ふぅ、終わった」

王都のダンジョンはゲームに出てくるような石壁に囲まれた地下に進むタイプの〝これぞダンジョン〟というようなダンジョンで、俺たちはそこの8階層を探索していた。

その8階層にある一室にたむろしていたオークどもを始末したところだった。

「けっこういたから、ドロップ品もけっこう出てるわね」

「ホントだ。オークとは戦い慣れてるし、やっぱりこの階層にして正解だったね」

ここ8階層には、俺たちが今までメインに狩っていたオークが出るということもあり、とりあえずこの階層で金を稼ごうということになった。

その先に進むかどうかは、この階層で探索してみてからにしようと3人で話し合って決めた。

「オークの肉がけっこうあるね」

「うん。でも、アレもあるよ……」

「ウェッ。アレはあたしたちには触れないよね……」

「うん。アレはチョット……」

「櫂斗、アレの回収お願い」

「しょうがないなぁ」

俺は、2人がアレと言うドロップ品を回収していった。

花音と莉緒が触れるのも嫌がるアレとは、オークの睾丸《こうがん》だ。

これは精力剤の原料の一つでけっこういい値で買い取ってもらえるんだぞ。

「今のでそこそこドロップ品も回収できたと思うけど、どうする？」

「まだ余裕あるし、もう少し探索していこうよ。稼げるときに稼いでおきたいし。莉緒はどう？」

「私もそれがいいと思う。私たちならオーク相手に後れをとることもないし、この階層なら罠《わな》の心配もないし」

このダンジョンのことを事前に調べたところ、10階層以降から罠が仕掛けられていることが分かっている。

「2人が大丈夫なら、もう少し探索していくか。じゃ、行こうぜ」

「うん」

俺と莉緒が部屋を出ようとしたところ、花音がなぜか動かない。

「花音、どうしたんだ？」

「うん……。櫂斗、莉緒、ちょっとこっち来てくれる？」

花音がそう言うから、俺と莉緒は花音の下へと駆け寄った。

「ねぇ、あそこ。奥の壁の左側さ、なんかおかしくない？」

そう言って花音が奥の壁の左側を指差した。

花音の指差したところを目を凝らして見てみる。

「別にどこもおかしいようには見えないけど……」

「私もおかしいようには見えないよ……」

莉緒も俺と同じ意見だ。

それでも花音は納得がいかないようだ。

「ちょっと見てくる」

そう言って、奥の壁へと向かっていった。

俺と莉緒も訝《いぶか》しがりつつ花音についていく。

「この辺なんだよね……」

花音がおかしいと感じる辺りの壁をペタペタと触る。

「ほら、何ともないじゃん。花音の気のせ……」

気のせいだと言葉を続けられなかった。

花音が触れたところの壁の一部がポロポロと剝がれ落ちた。

そして現れたのは、直径10センチ程度の魔法陣だった。

「こ、これは……」

「ほら。ここら辺ずっと違和感あったんだよねー」

花音がちょっとばかりドヤ顔でそう言う。

「これって魔法陣だよね。ここに魔力を流すってことかな？」

「多分ね。ちょっとやってみる」

「あっ、待て花音ッ」

止めたが間に合わずに花音が魔法陣に触れた。

ゴゴゴゴゴーッ――――。

壁の一部がスライドして、その向こうに部屋が現れた。

「これは、隠し部屋ってやつか？」

3人で恐る恐る中を覗《のぞ》き込む。

「あ！　耀斗君、花音ちゃん、奥を見て。あれ、あの木箱って宝箱じゃないかな？」

莉緒に言われて奥に目を向けると、確かに古めかしい木箱が鎮座していた。

「ホントだ！　あれ、宝箱だよ。早く開けてみよう！」

そう言って花音が宝箱に向かおうとするのを寸でのところで止めた。

「待てッ！　罠があるかもしれない、ここは慎重にだ」

「そうだよ。花音ちゃん」

「えーっ、でも、ここ8階層でしょ。罠はないって話だったんじゃないの？」

「そうだけど、ここは隠し部屋なんだぜ。そこも同じとは限らないだろ」

「そうそう。私たちには鑑定スキルがあるんだから、まずは鑑定してみようよ」

「分かったわよ。それじゃ、鑑定。……うん、罠はないみたい」

俺も鑑定してみると……。

【宝　箱】
宝箱。罠は仕掛けられていない。

「うん、大丈夫みたいだな」

「そうだね」

莉緒も鑑定してみたらしく頷《うなず》いた。

「それじゃ、開けてみよう」

「あたしが開けたいな」

隠し部屋の第一発見者として、宝箱を開けるのは花音に譲った。

花音がゆっくりと宝箱を開けると……。

「なんか、ちょっとばっちい麻袋と、これはポーションかな？」

中には少し汚れた麻袋と小瓶が入っていた。

「まずはこっちの麻袋の中を見てみよう」

麻袋を取り出して中を覗く。

「おおーっ」

「金貨だわっ！」

「100枚くらいはありそう！　ヤッタね！」

中を見て俺も花音も莉緒も興奮した。

これがあればしばらくは生活に困ることもない。

「次はこれだ。花音の言うとおりポーションなんだろうけど、まずは鑑定だ」


【エリクサー（劣化版）】

（スイ特製の　※隠ぺい中）エリクサー（劣化版）。劣化版なので寿命が延びることはない。四肢欠損を含むあらゆる怪我《けが》及び万病に効く。


「これっ……」

「エリクサー、だって……」

「エリクサー……」

「莉緒ッ、やったぞ！」

「莉緒、これで腕が治るよ！」

「わ、私の、腕が……」

「そうだ！　これで莉緒の腕も元通りだ！」

「うぐっ、り、莉緒っ、良かったね。本当に、良かったっ……」

「花音ちゃんっ、ぐすっ」

俺たち3人は抱き合って泣いて喜んだ。

高ぶっていた気持ちが落ち着いたところで、莉緒にエリクサーをすすめた。

「莉緒、早速試してみろよ。確か、怪我の場合は半分は飲んで半分は患部にかけるのがいいらしいぞ」

「い、いいのかな？　よく考えたら、これを売れば3人とも一生暮らしていくだけの資金になると思うんだけど……」

「何遠慮してんだよ！　いいに決まってるじゃないか！」

「そうだよ、莉緒！　お金ならほら、宝箱に入ってた分があるじゃん。遊んで暮らしていくほどはないけど、しばらくは生活には困らないから大丈夫だよ」

「分かった。それじゃ……、あ！」

莉緒がエリクサーを飲む寸前で止めた。

「何だ、どうした？」

「あのね、これって、ここで飲んだら、すぐに腕が治るのかな？　そうだとしたら、ダンジョンを出るときに怪しまれないかなって」

「あっ、そうか！　確かに莉緒の言うとおりかも。ここのダンジョンにはたくさんの冒険者が入っていくから、あたしたちのことを覚えてる人がいるかどうかわからないけど、もし、覚えてる人がいたら、絶対にお宝見つけたんだってバレちゃうよね」

「うん。それでね、変な人に目を付けられるとかしたら、面倒なことになるんじゃないかなって思ったの」

「確かに花音と莉緒の言うとおりだ。魔物より何より人が一番狡猾《こうかつ》だってことは、俺たち身をもって経験してるしな」

俺の言葉に花音と莉緒が深く頷く。

「それに、よく考えると、王都にいる間にエリクサーを飲むのはマズいかもしれない。宿の従業員たちは俺たちの名前も分かってるわけだしさ。他の宿泊客も俺たちのこと見てるし、片腕だった莉緒の腕が次の日には生えてたなんてなったら絶対に騒がれると思う」

「確かに」

「うん。櫂斗君の言うとおりだと思う」

「それなら……」

今日狩ったオークのドロップ品だけ換金して、隠し部屋や宝箱のことは一切黙っていようということになった。

そして、王都も明日には離れようということで決まった。

◇　◇　◇　◇　◇

王都を出て丸1日。

街道沿いを進んでいるが、今のところ近くに人の気配はない。

「よし、この辺でいいんじゃないか？」

「うん。王都からもだいぶ離れたし、いいと思う。莉緒、飲みなよ」

「うん」

莉緒はアイテムボックスからエリクサーの入った小瓶を取り出して、半分を一気にあおった。

そして、もう半分を無くなった左腕の肘の辺りに振りかけた。

すると、莉緒の体が淡く光りだし、左腕の辺りが強く発光した。

「莉緒ッ、大丈夫かッ？」

「莉緒ッ！」

莉緒を包んだ光は10秒ほどで収まった。

「耀斗君、花音ちゃん、これ……」

「莉緒ッ、左腕っ」

「莉緒の腕が元に戻った！」

莉緒の左腕が元通りになっていた。

「私の、私の腕が、元通りにっ。あ、ありがとう2人とも」

それから俺と花音と莉緒は抱き合って号泣した。

第五章　肉ダンジョン祭り

肉ダンジョン祭り当日――。

大通りの両脇に屋台が所狭しと並ぶ。

それを目当てにした人人人。

ローセンダールの街の内外から集まった人で、肉ダンジョン祭りは賑《にぎ》わいを見せていた。


「毎度あり～」

ホットドッグを買ってくれた親子を見送る。

「兄ちゃん来たぜー」

「お、ルイスたちか。今朝ぶりだな」

ルイスとパーティーを組んでいる面々がやって来た。

「端っことは聞いてたけど、本当に兄ちゃんの店が端なんだなぁ」

「まぁな。申し込みが遅かったからしょうがないよ」

肉ダンジョン祭りのために出来た屋台街の一番端に俺の店はあった。

店とは言っても、特注のマイＢＢＱコンロを出して店としているだけなんだけど。

ちなみにフェルとドラちゃんとスイは、店を出している俺の後ろの空いているスペースで昼寝している。屋台巡り出来ないことを散々愚痴られたけど、屋台を出すのは今日だけだからとなんとか納得してもらった。フェルとドラちゃんとスイが「明日と明後日は屋台巡りでとことん食う」とか意気込んでいたのがちょっと怖いけど。

「やっぱ場所がいい店よりは客の入りが少ないね」

「そりゃそうかもしれないけど、それでもそれなりにお客さん来てくれてるんだぞ」

俺としては、これくらいが余裕を持って対応もできるしいい感じなんだけどな。

「それはそうと、これ、美味《うま》そうだなぁ。この腸詰をうちで作ったパンに挟むんだろ？」

「そうだ。このこんがりいい感じに焼けた腸詰を孤児院で作ってもらったパンに挟んで、このトマトソースをかけるわけだ」

「「「「ゴクリ……」」」」

ルイスをはじめその仲間たちの目がこんがり焼けた俺お手製のソーセージに釘付《くぎづ》けだ。

「美味そう……」

「おい、これは商品なんだからやらんぞ。食いたいなら買ってくれよ」

そう言うと、みんな残念そうな顔に。

さすがにこれは売り物だからねぇ。

買ってちょうだいよ。

「やっぱそうなるか。どうする、みんな？」

ルイスたちがどうしようかと相談している。

「兄ちゃんのは確かに美味そうだけど、他の店のも食いたいしなぁ」

「でも、兄ちゃんの飯はめっちゃ美味いぜ」

「そうなんだよなぁ」

「うんうん、迷うところだよなぁ」

「で、これはいくらなんだ？」

おうおう、どうする君たち？

「兄ちゃん、それっていくらなの？」

「これか？　これは一つで鉄貨6枚だな」

「鉄貨6枚か、う～ん。ちょと高いな」

「えー、そうか？　パンと腸詰なんだぞ。これでも良心的な値段にしたつもりなんだけど」

「確かにそう言われりゃそうか。肉だけじゃなくパンもあるから腹にもたまりそうだしな。うーん……。よし、俺は買うぞ！　兄ちゃん一つくれっ」

買うと決めたルイスからの注文だ。

「おう、毎度あり」

ルイスから鉄貨6枚を受け取った。

こんがり焼けたソーセージを孤児院特製のコッペパンに挟んで、たっぷりとトマトソースをかけて出してやる。

「うわっ、美味そう」

「美味そうじゃなくて美味いんだよ。食ってみろ」

ルイスがガブリとホットドッグにかぶりついた。

「うっまぁ～」

幸せそうな顔でそう言ったルイスを見て我慢できなくなったのか、他のみんなも次々とホットドッグを注文していった。

そして、大口を開けてホットドッグにかぶりつく。

「美味い！」

「これは買って正解だったな！」

「パンに腸詰を挟むだけで、こんなに美味くなるんだなぁ」

「バァーカ。この腸詰はめちゃくちゃ美味いんだっての。パリッとして中から肉汁がジュワァよ」

「それこそバーカだ。確かに腸詰もウメェけど、上にかかってるこの赤いソースが全体をまとめて美味くなってんだっての」

お前ら孤児なのに案外グルメだよな。

肉ダンジョンのあるこの街だからなのかね。

ルイスと仲間たちが、店の前であれこれ言いながらホットドッグを美味そうに食っているのが宣伝になったのか、近くにいたエルフの男性がホットドッグを買いに来た。

「私にも一つください」

「毎度ありー」

鉄貨6枚をもらいホットドッグを渡す。

お上品な顔をしたエルフの男性が大口を開けてかぶりつく。

目を閉じてゆっくりと味わうように噛《か》み締めたあとゴクリと飲み込む。

次の瞬間、目をカッと見開いて今度はガツガツとホットドッグを貪り食った。

瞬く間にホットドッグを完食すると「フゥ～」っと息を吐いた。

「いや～、非常に美味《おい》しかったです。こうして今までにない美味しいものに出会うことができるんですから、肉ダンジョン祭り通いは止《や》められませんね～」

笑顔でそう言うエルフ。

「追加でもう一つお願いできますか」

「はいよ」

代金を受け取って追加のホットドッグを渡した。

再びホットドッグにかぶりつくエルフ。

そして……。

「うーん、美味しい。この腸詰は肉汁たっぷりだし、塩だけでなく胡椒《こしょう》も入っていますね。それに、上にかけられたトマトを煮詰めたものも程よい酸味がこの腸詰とパンに抜群に合います」

そうブツブツつぶやくエルフ。

「ハッ、すみません。ご存知かもしれませんが、エルフは食には一家言ありましてね。私の場合、ついつい感想を口にしてしまうのがクセでして」

あー、エルフはグルメで食にうるさいってことですね。

はいはい知ってますよ。

知り合いに、某街の冒険者ギルドのギルドマスターとか某Aランク冒険者パーティーの見た目クール美女な冒険者とかがいるんで。

まぁこの2人はただ単に食いしん坊エルフって感じだけど。

少し話してみると、このエルフの男性客はガブリエルさんという行商人で、肉ダンジョン祭りには開催当初から毎年来ているそうだ。

しかし、毎年とはかなりのリピーターだね。

「この時期になると、毎年どうしようかと迷うのですが、結局足がこの街に向いてしまうんですよねぇ」

普段は、王都とビショフという街（王都とここローセンダールの中間くらいにある街）の間を行ったり来たりして行商しているそうだが、肉ダンジョン祭りの時期になるとついついローセンダールの街まで足を延ばしてしまうそう。

「エルフの知り合いがいますけど、やっぱりガブリエルさんも美味いものには目がないんですね」

「ハハハハ、エルフですからね」

そんな風にガブリエルさんと話していると……。

「なぁんだ、だから肉ダンジョン祭りの時期になると街にエルフが増えるのか～」

俺たちの話を聞いていたルイスがそう言った。

「そういやこの時期になるとよくエルフを見かけるよなぁ」

他の仲間たちもうんうんと頷《うなず》いている。

言われて見れば、あそこにもそこにもエルフがいるな。

「肉ダンジョン祭りでは美味しいものがいろいろと食べられますからねぇ。やはり私たちとしては惹《ひ》きつけられますよ」

美味いもの目当てで、この街にエルフが集結しているようだ。

食い物のために大移動も辞さないエルフ、恐るべし。

そうは言っても、うちの食いしん坊たちも同じようなもんか。

「今年も来て正解でした。こうして美味しいものが食べられましたから。明日もまた食べに来ますね！」

ガブリエルさんが明日も来る気満々でそう言う。

でもねぇ……。

「あの、申し訳ありませんが、この屋台、今日しかやらないんですよ」

「エエェエェッ、そ、そんな……」

ガブリエルさん、そんな泣きそうな顔しなくても。

「あっ、そうだ！　ちょっと待っててくださいね」

そう言うと、アイテムボックスの中をゴソゴソしだした。

魔力豊富なエルフだからガブリエルさんもアイテムボックス持ちってことだな。

「あった！　これに、詰められるだけ詰めてください！」

ガブリエルさんが出したのは小ぶりのバスケットだ。

でも、小ぶりとはいえど、ホットドッグが10個くらいは入りそうだ。

「本当にいいんですか？　けっこうな数になりそうですけど。それに、アイテムボックスに入れてるとはいえ食品ですから、早めに食べてもらわないと……」

俺みたいな時間経過なしのアイテムボックスじゃなきゃ食いものの保存はヤバいぞ。

「大丈夫ですよ。これに入るくらいなら、おそらく明日中には食べ切っちゃうと思いますから」

これに入る量を明日中かよ……。

まぁ、それじゃあということで、代金を受け取ってホットドッグをバスケットに詰めていった。

バスケットの中にはきっかり10個入った。

「どうぞ」

「ありがとうございます！　それでは」

そう言ってガブリエルさんは、早速ホットドッグをパクつきながら去っていった。

それから1時間後――。

「え？　な、何なんだ、これは……」

俺の店には、何故《なぜ》かエルフが大挙して訪れていた。

最初は少し客足が増えたなと思いながら対応していたんだけど、いつの間にかワラワラとエルフが集まってきて……。

ホットドッグを作ったり、代金を精算したりでてんやわんや。

暇だったのか未《いま》だ俺の店の周りでうろちょろしていたルイスたちを急遽《きゅうきょ》バイトで雇って何とか対応した。

大量のソーセージを焼いていると、ホットドッグを食っているエルフたちの言葉が耳に入った。

「ガブリエルの言ったとおりだ。これ、美味いな！」

「同じ宿のガブリエルさんに美味しいって聞いて来て見たけど、正解だった！」

「ガブリエルさんの情報だったけど、やっぱり同胞の美味いもの情報にはハズレがないな～」

…………原因はあんたかーっ！

口コミしてくれるのはありがたいけど、いっきに来過ぎだぜ。

エルフっていうのは、美味いもの情報を聞いたらすぐに食いたくなる性質なのかね。

そんなことを思いつつ、黙々とホットドッグを作り続けた。

「はぁ、何とか捌《さば》けたな」

ようやくエルフの客が捌けた。

急遽バイトにはいってもらったルイスたちも疲れた顔をしていた。

今回は本当に助かった。

ルイスたちがいなかったら大変だったぜ。

少しは駄賃を弾もうかと考えていると、1人のおっさんが声を掛けてきた。

「おい、兄ちゃん。エルフが美味そうに食ってるのって兄ちゃんの屋台のもんだよな？」

俺の店の周りにはホットドッグを美味そうにパクつくエルフがたくさんいた。

「まぁ、そうですね」

「やっぱそうか！　俺にも一つくれ。いやぁ、舌の肥えたエルフが美味そうに食ってるもんだから気になって気になって」

おっさんがホットドッグを買うと、それを皮切りに再び客が大挙して押し寄せた。

おっさんと同じくエルフが美味そうに食ってたものだから、それに釣られてという感じのようだ。

「俺も一つくれ！」

「俺もだ！」

「私にもちょうだい！」

「こっちは2つだ！」

「う、うわっ、お、おい、みんな仕事だぞ！」

またルイスたちに手伝わせて、何とか対応していった。

「はい、これで売り切れです！　申し訳ありませんがお終《しま》いです」

最後の一つのホットドッグが売れた。

メイナードとエンゾに手伝ってもらって屋台用に用意したソーセージがすべてなくなった。

多めに作ったつもりだったんだけどな。

「ハァ、疲れた」

「兄ちゃん、俺もだぜ」

ルイスのその言葉に他の仲間たちも無言で頷いている。

「今日は本当に助かったから、１人銀貨2枚の駄賃だ」

「ホントかっ!?」

「もちろんだ。ほれ」

１人ずつ駄賃を渡していくと、疲れた顔をしていたのにもう笑顔だ。

「よし、これで美味いもの食うぞ！」

「「「「おうっ！」」」」

お前ら、まだそんな元気あったんだな。

まったく現金なもんだぜ。

「そんじゃ兄ちゃん、またなぁ～」

ルイスと仲間たちが、まだまだ活気を見せる肉ダンジョン祭りの屋台街へと消えていった。

「さて、俺らも帰るか」

フェルたちにそう声をかけると、フェルの不機嫌な声が。

『おい、何か忘れてやしないか？』

「ん？」

『飯だ、飯っ』

「あーっ！　ごめんごめん。忙しすぎてすっかり忘れてたわ」

エルフの襲来やらそれに釣られてきた客が大挙して押し寄せたもんだから、フェルたちの昼飯のことまで頭が回らなかったよ。

『ったくよぉ。空《す》きっ腹にここの匂いはきついんだからなっ！』

ドラちゃんもご立腹だ。

『あるじー、お腹《なか》空いたよぅ……』

スイにいたってはひもじくて悲しそうな声。

「みんなごめん、ホントごめんなっ。ここの屋台にあるの何でも買ってやるから、な！」

両手を合わせてフェルとドラちゃんとスイに頭を下げた。

『フンッ、当然だ』

『だよな！』

『スイ、いっぱい食べるのー』

その後、フェルとドラちゃんとスイが満足するまで言われるままあっちこっちの屋台で大量購入して、俺の肉ダンジョン祭り1日目が終わった。

◇◇◇◇◇

肉ダンジョン祭り2日目。

屋台街には人があふれ今日も大盛況だ。

『今日は食って食って食いまくるぞ』

『当然だぜ！』

『スイもいーーーーっぱい食べるよー！』

…………食う気満々なのはいいけど、君らのいっぱいっていうのがちょっと怖いんだけども。

それに、昨日もかなり食ってたと思うんだけど。

昨日、フェルとドラちゃんとスイに請われるままあちこちの屋台で大量購入したのを思い出す。

「昨日も相当食ってたよな？」

『昨日は昨日だ。それにあんなのは序の口よ』

『そうそう。昨日回れなかった屋台もいっぱいあるしな！』

『えへへ～、いろんなの食べるんだー』

どうやら昨日の分はまだまだ始まりに過ぎないらしい。

『よし、今日はそこの串焼きの屋台からだ。ドラ、スイ、付いて来い』

『よっしゃ、今日も肉食いまくるぞ！』

『お肉～』

そう言って、近くにあったダンジョン牛の串焼きの屋台に突撃するフェルとドラちゃんとスイ。

いきなり現れたフェルたちも意に介さず串焼きを焼き続ける屋台のおっちゃん。

職人気質《かたぎ》の頑固親父《おやじ》って感じだね。

そのおっちゃんが焼いているのは、大ぶりの肉が2つ刺さった串焼きだ。

ジュウジュウと焼けるダンジョン牛の肉からはハーブを使った特製ダレだろうスパイシーな香りが漂ってきて実に美味そうだ。

『おい、我はこれを10本だ』

『俺は5本だな』

『スイはねー、20本食べるー』

『おい、スイ、10本にしておけ。この後もたくさん屋台を巡るのだぞ』

『あっ、そっかー。フェルおじちゃんの言うとおり、このあともいっぱい食べるんだもんね！　うん、スイも10本にするー』

『はいはい、じゃ、注文するな』

「すいません、26本お願いできますか」

ついでに俺の分も1本追加で注文した。

スパイシーな肉の匂いをかいだら我慢できなくなったぜ。

「あいよ」

ちょうど焼きあがった串焼きを代金と引き換えにおっちゃんから受け取った。

そして、空いたスペースに移動していつものように串から外した肉をフェルたちそれぞれの専用の皿に盛って出してやった。

みんなすぐにがっつき始めてペロッとたいらげてしまった。

『まぁまぁだったな』

『ああ。少しピリッとする味付けでさらに食欲が増したぞ』

『やっぱりお肉はおいしーね！　スイもっともっと食べるよー！』

「みんな、早いよ。俺、まだ半分も食ってないんだけど」

『何をちんたら食っているのだ。早く食え。次に行けぬだろうが』

「そんなこと言ったってこの串焼きけっこうボリュームがあるから、お前らみたいにそんなすぐには食えないんだよ」

ドラちゃんもフェルに同調するように『そうだそうだ。早く食えよ』って言うし、スイはスイでジーッと見てくるしで、急《せ》かされるようにダンジョン牛の串焼きを食う俺。

何のハーブを使っているのかピリッとスパイシーなタレと脂身の少ない赤身の部分の肉に非常にマッチして美味い串焼きだ。

しかし、美味いのは美味いけど、急かされながら食ってるもんだから感動も半減だ。

『よし、食い終わったな』

『次だ次っ』

『お肉～』

俺が食い終わるのを確認すると再びフェルとドラちゃんとスイが次のターゲットの屋台へと突撃していった。

美味いものはゆっくり味わって食うのが一番なんだけどね。

これじゃあ、今のところは無理そうだけど。

『おい、次はこれだぞ。早く来い』

フェルからの念話が入る。

『へいへい。今行くよ』

俺はいそいそとフェルたちの下に駆け寄った。

◇◇◇◇◇

フェルたちの食欲の赴くままに十数軒の屋台を巡ったところで、見覚えのある顔に出くわした。

「お、あそこの屋台、メイナードとエンゾがいる」

『む、ちょっと前に屋敷に来ていた小童《こわっぱ》か。確かお主が内臓の料理を教えていたんだったな』

「ああ。けっこう人が並んでるし、繁盛してるみたいだな。良かった良かった」

メイナードとエンゾの屋台は行列も出来ていてなかなかに繁盛しているようだ。

それを見てドラちゃんがポツリ。

『内臓か。あれ見てくれはあれだけど、けっこう美味かったな』

それを聞いてスイも『美味しかったー』とポンポン飛び跳ねる。

『……どれ、小童どもの作った内臓料理を味見してやるか』

そんな偉そうなことを言いながら行列を無視してメイナードとエンゾの屋台に近付こうとするフェル。

『俺も食うぞ』

『スイもー』

そう言ってフェルの後に続くドラちゃんとスイ。

「ちょちょちょちょ、ちょっと、みんな待ちなさいって」

フェルの尻尾とドラちゃんの尻尾をひっつかんで慌てて止めた。

「スイもダメ。止まって」

1人ポンポンと飛び跳ねながら屋台に近付くスイも止める。

『何故止める？』

俺に止められて不機嫌な声でそう言うフェル。

「何故止める？　じゃないよ。みんな並んでるんだから食いたいなら並ばないとダメだよ」

『む、そうなのか。面倒だな』

「じゃ、違う屋台行くか？」

『ぬぅ、内臓料理の味を思い出して食いたくなったのだぞ。次はやはり内臓料理が食いたい』

「じゃあ並ぶんだな。ほら、並ぶぞ」

『仕方がない』

フェルたちとともに列に並ぶ。

すると、数人からチラチラ見られている気が。

フェルたちが一緒だからかな？

この街にも10日以上いるから、街の人たちにもフェルの存在はけっこう知られてるんだけど。

『まだか？』

「今並んだばっかりだろ。もう少し待て」

ったく、並んだばっかりですぐ俺らの順番になるわけないだろ。

「…………あ」

『何だ？』

「フェル、念話念話っ」

ちょっと焦りながらフェルの耳元でそう言った。

人の多いところではなるべく念話を使うようにしてもらってたけど、今、フェルのやつ普通にしゃべってたぜ。

『む、そうだった』

「そうだったじゃないよ。頼むよ～」

カレーリナならいざ知らず、ここじゃ聞かれると騒ぎになるだろ。

こっちをチラ見してた人たちは俺たちの会話が聞こえてた人か。

フェルもそんな大きな声でしゃべってたわけじゃないから、数人で済んだけど……。

チラリ。

俺らをチラ見していた人たちを、俺の方からもチラッと見た。

ヤベッ。

まだこっちチラ見してる。

ここは……、必殺の知らんふりで通すしかないな、うん。

そんな感じで待つこと少々。

「お待たせしました。次の方どうぞー」

「なかなか繁盛してるじゃないか」

「「師匠！」」

「買いに来たぞ」

軽く話をすると、この店も最初はモツを見てみんな引いて閑古鳥だったそう。

でも、新しい物好きな客が試しにと注文してくれて……。

その客が「美味い美味い」と食べているのを見てそれじゃあと買う人が少しずつ増えていって、今では行列が出来るほどになったという。

〝はずれ〟のモツを使っていることで、トマト煮込みが鉄貨4枚、モツの串焼きが鉄貨3枚と他の屋台より安い価格に設定できたことも良かったのだろうということだった。

やっぱりこういうのは実際に食ってもらうのが一番なんだよな。

美味ければ自《おの》ずと客は集まってくるってことだ。

「2人とも、良かったな」

「「はいっ！」」

メイナードもエンゾも店が繁盛して嬉《うれ》しそうだしヤル気が漲《みなぎ》っていた。

「とりあえず、これに3人前ずつトマト煮込みを。で、串焼きの方は26本お願いな」

アイテムボックスから取り出したトマト煮込みを入れてもらうフェルたち用の皿と代金を渡して注文した。

大分腹もいっぱいになってきたから、俺は串焼きだけ。

『おい、我はもっと食えるぞ』

『いやいや、行列もできてるし、お前らばっかりたくさん頼むのも悪いだろ。また俺が作ってやるから、ここは3人前で我慢しとけ。な』

『むぅ、しょうがないな。近いうちに絶対に作るのだぞ』

『はいはい、分かってるよ』

フェルとそんな念話をしているうちに注文の品ができたようだ。

「師匠、どうぞ」

「ありがとな。じゃ、2人ともがんばれよ」

モツのトマト煮込みと串焼きを受け取って、メイナードとエンゾの屋台を離れた。

そしていつものように空きスペースを見つけると早速試食だ。

『この煮込み、お主の味にはちと及ばないが悪くはないな』

『ああ。けっこうイケる』

『おいしーね。でも、ちょっと少ないかなぁ』

3人前ずつ頼んだけど、みんなにはちょっと少なかったかな。

次はモツの串焼きだな。

串から外して皿に載せて出してやると、みんなガツガツと食っていく。

どれ、俺も。

噛み締めるとジュワッとあふれ出るモツの脂。

メイナードとエンゾが作ったという〝究極のタレ〟は、塩ベースのタレだった。

レモングラスに似たハーブを使っているのか、それに似た爽やかな風味がフッと鼻を抜ける。

「ほー、なかなか美味いじゃないか。脂の多いモツもこの味ならさっぱりイケる」

さすが2人とも料理人を目指しているだけあるな。

『まずまずの味だ。あの小童もなかなかやるな』

『言えてる。そんなに期待してなかったけど、割とイケたな』

『おいしかったー』

うちのグルメな食いしん坊たちからも好評のようだ。

「これならメイナードとエンゾの屋台、上位入賞もありえそうだな」

ちょこっと教えた身としては、2人にはがんばって欲しいところだ。

『よし、次に行くぞ』

『おう』

『お肉、お肉〜』

「屋台も大分回ったってのに、まぁだ食うのかよ?」

『当然だ』

『まだまだイケるぞ!』

『スイ、もっといっぱい食べるもんね〜』

再び屋台街に突進する食いしん坊トリオ。

「ハァ、すごい食欲だねぇ」

俺は呆《あき》れつつもみんなの後を追った。

◇◇◇◇◇

結局この日は30店舗近くの屋台を巡った。

フェルとドラちゃんとスイは肉料理を食いまくった。

肉肉肉の肉三昧で、最後にはフェルとドラちゃんは腹をパンパンに膨らませて満足そうな顔をしていたよ。

一見変わりない姿のスイも、帰り道はいつもの定位置の革鞄《かわかばん》の中で満足そうにスヤスヤと眠っていたいた。

『今日は食いに食った。やはり肉はいいな。明日も食うぞ』

『おう。明日も腹いっぱい肉食うぜ！』

『ムニャムニャ……お肉～………』

今日、あんだけ食ったんだからもういいやってなるかなって思ったけど、うちの食いしん坊トリオはまだまだ食う気満々だった。

明日も肉ダンジョン祭りで屋台巡りかぁ。

ウップ……、さすがに俺は明日、肉はもういいかな。

◇　◇　◇　◇　◇

肉ダンジョン祭り３日目。

最終日の今日も屋台街は朝から人があふれて大盛況だ。

『よし、今日も食って食って食いまくるぞ』

『おうっ。今日も肉三昧だぜ！』

『今日もお肉いーっぱい食べる～』

うちの肉食系食いしん坊たちは今日も朝から食う気満々だ。

昨日に引き続き今日もフェルとドラちゃんとスイを連れて屋台巡り。

なんだけども、実は今朝早くに商人ギルドから職員の人が来て、何とか屋台を再開してもらえないかという話があった。

何でも俺の屋台で出したホットドッグが噂《うわさ》を呼んで、商人ギルドに問い合わせが多く来ているのだという。

職員の人に何とかお願いできませんかと何度も頼まれたけど、初日しか屋台を出すつもりがなかったからいかんせん準備していない。

肝心要のソーセージを初日で使い切っちゃったし。

孤児院で作ってもらったコッペパンはいくらか残っているけど、パンだけあってもどうしようもない。

ソーセージを作るにしても、それなりに時間がかかるし……。

ここは申し訳ないけどお断りさせてもらった。

断ったのは、屋台巡りをしたいフェルが俺の後ろで睨《にら》みを利かせて『断れ』と何度も念話を入れてきたからじゃないからな。

………多分。

とにかく、準備してないものは出来ないとお断りした。

職員の人は残念そうにしょんぼり帰っていったけど、これぱっかりはしょうがない。

そんなやり取りがあったのを知っているフェルが特に張り切っているのは気のせいじゃないよなぁ。

昨日目をつけている屋台があるとか何とか言ってるしさ。

それにしても……。

「昨日も胸焼けするほど肉ばっかり食ってたのによく飽きないよな」

俺がそうつぶやくと、耳ざといフェルにはしっかりと届いていたようだ。

『飽きるわけがなかろう。肉は美味い』

『肉が美味いって何当然のこと言ってんだよ、フェル。それによ、こいつに付いて来て知ったけど、人の作る肉料理はいろんな味が楽しめるからいいよな。全然飽きないぜ』

『ドラの言うとおりだな。人間は愚かなことをするが、料理についてだけは認めてやってもいい』

『だな』

「まったく、フェルもドラちゃんも偉そうだなぁ」

『偉そうではない。我は偉いのだ』

『そうそう。何せ俺たち強いからな』

何故か無駄にドヤ顔のフェルとドラちゃんに呆れていると、スイからの念話が。

『ねぇねぇ、あるじー、早くお肉食べに行こうよー』

「あ、そうだね。よし行こう」

っ　たく、素直なのはスイだけだよ。

『昨日我が目をつけた屋台がある。まずはそこへ行くぞ』

「はいはい」

目当ての店に向かって意気揚々と進むフェルのあとに続いた。

そしてたどり着いたのは、屋台街の中央に近い場所にある屋台だった。

ダンジョン豚の串焼きの店のようだ。

串に刺さっていい感じにこんがり焼かれているのは、厚めに切られた見るからにジューシーそうなダンジョン豚のバラ肉。

皮、赤身、脂身とキレイな3層になって、これぞ豚肉という感じだ。

そのバラ肉からポタリポタリと脂が落ちて何ともいえない香ばしい匂いが立ち上っていた。

そこにすかさず岩塩をおろし金でおろしながら振りかけていく店主。

ゴクリ――――。

昨日は〝明日はもう肉はいいかな〟なんて思ってたけど、これはたまらん。

「兄さん、是非買ってってよ」

40代に手が届くかどうかの温厚そうに見える店主が声を掛けてくる。

「味付けは塩のみですか？」

「ああ。そうだよ。だけどね、このダンジョン豚の肉も塩も俺の舌と目でよーく吟味してるからね、うんまいよぉ～」

味付けはシンプルに塩のみとは、攻めてるねぇ。

他の串焼きの店はタレに工夫を凝らしてるってのに。

こりゃあ相当目利きに自信があるようだ。

『おい、早く買え』

『はいはい、何本？』

『これはなかなかに美味そうだからな。とりあえず30本だな』

『ドラちゃんとスイは？』

『俺は、うーん、このあともあるし、とりあえず10本かな』

『スイはねー、フェルおじちゃんと同じ30本食べるー』

みんなの分として70本か。

ここの店主、相当自信ありそうだし俺も是非とも食ってみたいから俺の分1本追加だな。

「すいません、71本ください」

「おっ、随分多いね」

「ハハ、味にうるさいうちの従魔の分ですよ」

「毎度あり」

代金と引き換えに美味そうに焼きあがったダンジョン豚の串焼きを受け取った。

早速空いたスペースに移動し、みんなして肉にかぶりついた。

「うっま」

味付けは塩のみというシンプルな味付けだけど、それがかえってダンジョン豚本来の肉の旨味《うまみ》を存分に味わえる。

その塩もどこの岩塩なのか聞きそびれてしまったけど、しょっぱ過ぎないまろやかな塩味がこの肉に合っていてダンジョン豚の旨味をさらに引き立てていた。

『うむ、我が目をつけただけはある』

『うめぇーな、これ！』

『おいしー！』

フェルとドラちゃんとスイも納得の味のようで、みんなペロッとたいらげてしまった。

『よし、次に行くぞ』

『おうっ。次はあそこの店にしようぜ！』

『もっとお肉食べるよー！』

食いしん坊トリオは初《しょ》っ端《ぱな》に美味い串焼きを食ったことでエンジンがかかったようで、すぐさま次の屋台へと向かった。

◇　◇　◇　◇　◇

「ふぅ～、何だかんだで今日もいろいろ食ったな」

やっぱり見て匂いを嗅ぐと、肉はもういいやって気分も吹っ飛んでついついね。

『うむ。この祭りは実にいい。今日で最後なのが残念だ』

『いろんな肉がたらふく食えたもんな。もっとやればいいのに』

『明日も明後日も、ずーっといろんなお肉が食べられるといいのにね～』

フェルとドラちゃんとスイは、肉ダンジョン祭りが今日で最終日なのが実に残念そうだ。

昨日も今日も肉三昧でみんな随分と楽しんでたもんなぁ。

俺たちは、この肉ダンジョン祭りのメインイベントとも言える〝美味しい屋台のベスト5〟の発表会場に来ていた。

大通りに出来た屋台街の突き当たりにある広場がそれだ。

ちょっとした舞台が作られて、その周りを発表を今か今かと待つ参加者や客が埋め尽くしていた。

ここに来る前にしっかりと投票も済ませてある。

とは言っても、投票できたのは人間である俺の分だけだったけども。

俺の一押しは今日食ったシンプルに塩のみの味付けのダンジョン豚の串焼きの店。

みんなの意見も聞いてみたけど、それぞれ好みもあってなかなか意見がまとまらなかった。

結局、俺の一押しの店も美味かったという話になって、この店に一票を投じた。

メイナードとエンゾの店も美味かったけど、ま、まぁ、贔屓《ひいき》はダメだからな。

2人ともごめんよ、ということで勘弁してもらうことにした。

とにかくだ、ここで上位に入れば人気店の仲間入りできるそうだし、どんな店が上位に入るのか楽しみだな。

そうこうしているうちに、舞台に小太りの男性が。

お、もうそろそろ始まるのか。

「えー、司会を務めさせていただきます商人ギルド副ギルドマスターのラインホルトと申します。みなさまよろしくお願いいたします。今年の肉ダンジョン祭りは天候にも恵まれ、つつがなく最終日を迎えることができたわけですが……」

「そんなことより早く発表しろーっ！」

舞台に上がった司会の商人ギルドの副ギルドマスターがしゃべっていると、焦《じ》れた客から野次が入る。

野次に同意する「そうだそうだ」という声もそこここから聞こえてきた。

ま、いいところで長話されちゃそうなるわな。

「ゴホンッ。えー、肉ダンジョン祭り毎年恒例の美味しい屋台上位5店の発表を心待ちにしている方が多いようなので、早速発表させていただきたいと思います。まず5位からの発表です。5位は……、今年初参加だというメイナードさんとエンゾさんの若い2人の店です！」

発表と同時に湧き起こる歓声と拍手。
マ、マジか……。
上位も狙えるって言ってたけど、あの2人、本当に入賞しちゃったよ。

興奮した様子のメイナードとエンゾが舞台に上がっていく。

「2人とも一言どうぞ。まずはメイナードさんから」

「自信はありましたけど、本当に入賞できるとは……。これも師匠のおかげです！　そして、投票してくれたみなさん、ありがとう！」

「それでは次はエンゾさん」

「みなさんありがとう。そして、師匠、やりましたよ！」

ワァァァァッ――――。

再び湧き起こる歓声と拍手の嵐。

なんだよ、2人とも嬉しいこと言ってくれるじゃん。

教えた甲斐《かい》があるってもんだ。

「続いて4位は……」

順位が発表されるごとに起こる歓声と拍手。

そしてそれぞれの悲喜こもごも。

肉ダンジョン祭りの〝美味しい屋台のベスト5〟の授賞式は熱狂のうちに終了した。

ちなみにだが、5位のメイナードとエンゾの店のほか1位から4位もすべて、フェルとドラちゃんとスイと一緒に屋台を巡り舌鼓をうった店だった。

1位はなんと昨日最初に向かったハーブを使った特製ダレのダンジョン牛の串焼きの店だった。

2位は特製ソースをかけたダンジョン豚のステーキの店で、3位はこってりした特製ダレをつけて焼いたコカトリスの串焼きの店、そして4位には俺たちも票を入れた塩のみの味付けのダンジョン豚の串焼きの店が入っていた。

屋台巡りで立ち寄った店はすべてフェルとドラちゃんとスイの意見をもとにしている。

その中に入賞店すべてが入っているとはね。

食いしん坊トリオの嗅覚恐るべしだ。

「さてと、帰ろうか」

俺たちは、興奮冷めやらず未だザワつく会場をあとにした。

肉ダンジョン祭り――――。

みんなでワイワイ言いながら屋台巡りして肉を食いまくるの案外楽しかったな。

「なぁ、また来年来ような」

『うむ。来年も来るぞ』

『絶対だぜ』

『また来るよ～』

肉ダンジョン祭りも終わり、そろそろカレーリナの街に戻ろうという話が出た。

フェルとドラちゃんとスイ、特にフェルが「最後にもう一度ダンジョンに肉を獲《と》りに行こう」と言い張っていたけど、さすがに止《や》めてもらったよ。

俺のアイテムボックスだから入れることができているけど、既に中は肉ダンジョン産の肉だらけになってるからね。

多過ぎる肉ではあるけど、カレーリナの家で待ってるトニ一家とアルバン一家、そしてタバサたち元冒険者へのいい土産にはなった。

帰ったらダンジョン豚とダンジョン牛で美味《うま》い飯を作ってたらふく食わせてやろう。

来年の肉ダンジョン祭りは、みんなで来てもいいかもしれないな。

そんなわけで、俺はカレーリナの街に戻る準備を始めた。

まずは、いつものとおり旅の間の飯の準備だ。

うちは大食いがそろっているから、この辺の準備をしっかりやっておく必要がある。

その場で作るってのもありっちゃありだけど、やっぱりしっかり準備しておいた方が楽なのは間違いないからね。

ということで、せっせと旅の間の飯を作っていった。

みんなの大好きなから揚げやらとんかつ、チキンカツにメンチカツなんかの揚げ物料理に加えてハンバーグやら生姜《しょうが》焼き、照り焼きチキンに肉多めの野菜炒《いた》めなどなど定番の肉料理をせっかくなので肉ダンジョン産の肉を使って作った。

2日かけてある程度の準備ができた頃合に、メイナードとエンゾの訪問を受けた。

「師匠、本当に、本当にありがとうございました」

「ありがとうございました」

メイナードもエンゾも感謝しきりだ。

2人ともいいところまでいく自信はあったものの、実際に上位5位に食い込むことができるとは思ってなかったという。

「初参加で5位に入れるなんて、本当に夢みたいです」

「本当だよな。入賞してからは、いろんな店から誘いの話が来て忙しかったし」

本当は2人とも、すぐに俺のところへお礼に来たかったそうだが、孤児院へいろんな店からの勧誘が殺到してその対応で大わらわでなかなか抜け出すことが出来なかったらしいのだ。

「まぁ、初参加で5位入賞だからな。周りも期待してるんじゃないのか」

「それは嬉《うれ》しいんですけど、なぁ」

「うん。実は……」

メイナードもエンゾの話によると、今後は自分たちの屋台を出すことにしたそうな。

2人とも、肉ダンジョン祭りの前までは上位に入ることが出来たら、どこかの店へ修業もかねて勤めることを考えていたそうなんだけど、実際に自分で屋台を出してみて考えが変わったようだ。

「やっぱり自分たちの出したいものを出せるし、お客さんの反応を直《じか》に見られるっていうのは魅力だよな」

「うん。自分で美味いと思ったものを出して、お客さんも喜んで食べてくれるのはすっごい嬉しいし、そういうの見ちゃうと、どこかに勤めるよりもやっぱり自分の店を持った方がいいよなって思いが出てきて……」

確かにそれはあるよな。

お客さんの反応もダイレクトに伝わってくるし。

何よりも勤めていれば、そこの店のメニューにある料理しか出せないし、雇われてるってことはどうしたって自分の思いどおりにはならないことも多々あるのは間違いないしね。

で、いろいろ悩んで院長先生に相談したそうな。

そうしたら……。

「自分たちでまずは屋台をやってみたらって。店も、孤児院にいる大工志望の子たちに協力してもらえばなんとかなるんじゃないのって言ってくれたんです」

肉ダンジョン祭りで使った屋台の施設は商人ギルドを通して借りたものらしいからな。

手持ちの資金は少ないけれど、みんなの協力が得られればなんとかなりそうだってことで自分たちで屋台を始めることにしたそうだ。

今ならば肉ダンジョン祭りで5位に入ったって肩書きもあるし、繁盛させる自信もあると2人とも大いに張り切っていた。

「出すのはやっぱりモツ料理にするのか？」

「はい。師匠に教わった内臓の料理にする予定です。美味《おい》しいし、何より安く仕入れられるのが俺たちにとってはありがたいですから」

何でも孤児院出身の冒険者たちの協力もあって、これからもモツを安く仕入れることが出来るのだという。

「モツを使うっていうなら分かってると思うけど……」

「内臓の類は足が早いから新鮮な物を新鮮なうちに使い切るってことですよね」

「そういうこと。そこだけは注意するようにな」

「「はい」」

「あ、そうだ。商人ギルドの人から話を聞いたんですけど、師匠のお店いい線行ってたみたいですよ」

「商人ギルドの人が『3日間営業していれば5位入賞間違いなしだったのに』って言ってました」

メイナードとエンゾの話によると、俺の店は5位入賞にはいたらなかったけど何と13位に入っていたそうな。

初参加で1日だけの営業なのにありがたいことだよ。

「それに、耳の早い料理人は師匠の料理に注目してますからね。既に真似《まね》し始めた人も出てきてますよ」

「へぇ～、もうか。ま、ホットドッグはそんなに難しいもんじゃないからな」

そう言うと、メイナードもエンゾも何故《なぜ》かため息をはいた。

「師匠から散々いろいろ教わっておいて何ですけど、普通はこういうのは絶対教えないし真似しようものなら取っ組み合いのケンカになりますからね」

「エンゾ、取っ組み合いってさすがにそれは盛りすぎなんじゃないの？　たかがホットドッグだよ。パンだって腸詰だって元からあったものだし、それをちょっと組み合わせただけじゃん」

この世界にあるもので何かって思ってホットドッグにしたんだしさ。

パンだって孤児院製だし、そりゃちょっと形だけはこんな風にってコッペパンにしてもらったけど。

それにソーセージだって、この街には腸詰を焼いた屋台なんていっぱいあるくらいなんだから腸詰自体それほど珍しい料理でもないわけじゃないか。

「師匠、甘いです。その元からあったものを今までにない組み合わせで出したんですから〝ホットドッグ〟は師匠のものなんですよ。何より、肉ダンジョン祭りで師匠がホットドッグを出してたのは周知の事実なわけですし。だから当然何の断りもなく真似をした奴《やつ》には文句を言って止めさせる権利もあるんです」

そう力説するメイナード。

そうは言われたってホットドッグ自体、俺が元いた世界にあったもので俺が考え出したわけじゃまったくないわけだしさ。

「別に文句なんて言うつもりないし、放っときゃいいよ。そんなことよりみんなが切磋《せっさ》琢磨《たくま》して美味いホットドッグが食えるようになったほうが全然いいしね」

そう言ったらまた2人にため息をはかれた。

「何ていうか、師匠らしいといえばそうなんですけど、必死でいろいろ盗もうとしてたのが馬鹿みたいですよ」

「ホントだな」

2人の本音としては、俺がいろいろ料理を知ってそうだったからなんでもいいからとりあえず何かレシピを盗めればっていうことだったらしい。

「いや、普通に聞いてくれれば教えるし」

「そんなこと簡単に言うのって師匠だけですからね」

「そうですよ。料理人なら普通は絶対教えないですから」

「いや、俺、料理人じゃないし」

「何言ってんですか！　料理の腕は専門職並みでしょ！」

「そうですよ！　というかそれ以上なんですからね！」

そう言われてもねぇ。

俺の場合はすべてネットスーパー様々というかさ。

ネットスーパーで手に入れられる調味料類がすこぶる優秀なおかげともいうんだけど。

「俺が言うのもなんですけど、これからは簡単にレシピ教えちゃダメですからね」

メイナードがそう言うから「約束はできないけど善処する」って答えておいたよ。

するとエンゾが……。

「俺たちに教えてくれた内臓の料理に関しては絶対内緒でお願いします！　師匠のホットドッグと同じく耳が早い料理人が既に内臓の料理を試しているみたいなので」

「え、２人に教えたモツ煮込みもか？」

「ええ。内臓の下処理が上手《うま》くできないようで、クソ不味《まず》いものしか出来上がらないようですけどね」

そりゃ当然だ。

下処理をきちんとやらないと、モツは美味くないからな。

「ということで、俺たちは師匠から教わった内臓の料理で勝負していくつもりなんです。だから絶対に内緒でお願いしますよっ、絶対ですからね！」

「ちょ、ちょちょ、2人とも顔近いからっ。ってか、分かったよ！　絶対に教えないって」

そう言うと2人ともホッとした様子だった。

でも……。

「孤児院の子たちはどうなんだ？」

モツの下処理には孤児院の子がたくさん携わってるんだけど。

「その辺は大丈夫です。みんなによ～く言って聞かせてありますから」

なんだか分からないけどメイナードとエンゾがニヤリと笑った。

おいおい、何をやったか知らないけど、その笑みは悪役っぽいぞ。

「それはさておき、俺たちもうそろそろ戻ろうかと考えてるんだけど……」

「えっ、もうですか？」

「メイナード、驚くことじゃないだろ。元々俺はこの街に住んでるわけじゃないんだしさ」

「それはそうですけど……」

「肉ダンジョンの肉もたくさん獲ったし、肉ダンジョン祭りも十分楽しんだからな」

「師匠にはもっといろいろ教わりたかったのに……」

「エンゾもそんな顔すんなって。2人とも肉ダンジョン祭りのときはよくやってたじゃん。大丈夫さ」

「でも、あの内臓の煮込みもっと美味しくするにはどうしたらいいかとかいろいろ聞きたかった」

「何言ってんだよ。そんなのはもうお前たちの仕事だ。いろいろ試行錯誤してどんどん美味くしてきゃあいいんだよ。お前たちの開発した〝究極のタレ〟とかいうやつもそうやって作っていったんだろ？　それと同じだよ」

そう言ったけど、２人ともまだまだ不安そうな顔をしていた。

「なぁにしけた顔してんだよ。来年の肉ダンジョン祭りにも来るつもりだから、それまでにもっともっと美味く改良しとけよ。楽しみにしてるからな！」

俺の言葉にメイナードとエンゾが顔を見合わせた。

そして……。

「「はいっ」」

「そうだ。話は変わるけどさ、孤児院にまたパン注文したいんだけど、言付けおねがいできるかな？」

あのコッペパン、いろいろ使えそうだし、戻る前に多めに仕入れておきたいんだよね。

「はい、もちろんですよ。師匠のおかげで、最近めっきり減ってきたパンの注文も少し増えたんですよ。だから院長先生もはりきってますから」

２人の話によると、俺の作ったホットドッグのパンが孤児院製だと聞きつけた料理人から注文が入ってきてるようだ。

「それじゃあさ、明日の夕方そっち行くからさ、あるだけ買わせて欲しいって院長先生に言っておいてもらえるか」

俺の時間停止のアイテムボックスに保存するなら、いくらあってもカビが生える心配もないしね。

「分かりました。それにしても師匠は太っ腹ですねぇ」

「これでも一応Sランクの冒険者だからな」

ほぼほぼフェルたちのおかげだけど。

◇　◇　◇　◇　◇

孤児院に頼んだパンを明日の夕方受け取りに行って、明後日にはカレーリナの街に出発できるかな。

夕飯を済ませて、コーヒーを飲みながらホッと一息つきながらそんなことを考える。

フェルたちはというと……。

『うむ、やはりこの白いのは美味いな』

『やっぱこれだよこれ！　プリン最高～』

『あまぁいケーキ、どれもおいしーねー』

食後のデザートに夢中だ。

実は俺の分も買ってしまった。

秋フェアをやっていて、日本は秋かぁなんて思っていたらモンブランが目に付いてついつい秋の味覚が食いたくなってな。

コーヒーとともにモンブランをパクリ。

うむ、美味い。

この栗《くり》のクリームが実に美味い。

栗の風味をしっかり残しつつ甘すぎずで、コーヒーにもよく合う。

モンブランをパクつきながら明後日にはこの街ともお別れかなどと考えていると……。

「あれ？　俺、何か忘れているような……」

何だったたっけな………、あっ！

思い出した！

神様ズだよ、神様ズ。

前回のお供えからそろそろ1か月経《た》つ。

もうそろそろやきもきしている頃合だろう。

寝る前にでもみなさんたちからリクエストを聞いておくか。

そんで明日、夕方孤児院に行くまで暇だしその間に用意しておくことにしよう。

◇　◇　◇　◇　◇

「みなさん、いらっしゃいますか～」

そう声をかけると、大勢のドタドタドタッという足音が聞こえてきた。

『やっと、やっと……。待ってたのじゃーっ！』

『待ってたわよ～』

『よっ、待ってたぜー』

『……待ってた』

『ウイスキーッ、ウイスキーじゃ！』

『クーッ、待ってたぜ！』

なんだか一部切羽詰まっている方がいるのですが。

「えーっと、今日はとりあえずリクエスト聞くだけですからね。明日の昼間に用意して、夜お渡しする予定ですから」

『そ、そうなのかぁぁぁっ』

『馬鹿ね～、ニンリルちゃんたら』

『だな。ってかよ、そもそも計画性もなくもらったもん食い散らかしたのが悪いんじゃねぇの？』

『……自業自得』

『ま、それを言うなら、そこの酒好きも同じようなもんだけど』

『クッ……、反論できんが、この馬鹿者と同列に語られるとは屈辱じゃ』

『半月ちょいであの量を全部食いきったニンリルと一緒にすんな。これでも俺たちだって保《も》たせた方なんだぜ。終《つい》に3日前になくなったけどよぉ』

…………ニンリル様ェ。

大酒飲みの酒好きコンビにまで「屈辱」とか「一緒にすんな」とか言われちゃってるし。

『うぅぅぅぅ、うるさいのじゃっお前たち！　だって、だって、美味しかったんじゃもん！　しょうがないじゃろぉぉぉっ』

逆ギレしてるよ。

ずっと残念な女神様だとは思ってたけど、ポンコツっぷりがさらに増してきてるのは気のせいなんだろうか？

というかだ、あの量を半月ちょいで消費しちゃったのかよ。

恐ろしい。

ニンリル様、体重は大丈夫か？

『フフフフフ、それが聞いてよ。異世界人クンと出会ってニンリルってば太ったんだけど、幸いと言えるかどうかわからないけど謹慎中に元に戻ったのよね。それなのによ、ここ1か月でまた太ったの。しかも、前よりも太って頬なんかプニプニよ』

『うんうん、ニンリルは認めねぇけどキシャールの言うとおり絶対前より太ったよな』

『……おデブ』

『ふむ、そう言われると、ニンリルは以前よりもふくよかになった気がするな』

『確かに』

『ぬぉぉぉぉぉぉっ、お主らっ、よってたかって妾《わらわ》にだけそんなこと言いおってからに！　わ、妾は太ってないのじゃ！　そ、そりゃ、ほんのちょっと、ほんのちょーっとだけ増えたかもしれんが、太ってはいないぞ！　本当なんだからな！　それに、ルカッ！　お主、言うに事欠いて妾をデブじゃとっ!?』

『本当のこと。だって、服がきつそう』

『クッ……、こ、これはっ、そ、そ、そ、そのっ、ええと、そ、そう、たまたま、たまたまじゃっ』

……ニンリル様、たまたまて。

その言い訳はさすがに苦しいと思うんです。

「えーっとですね、ま、まぁ、ニンリル様は女神様なので、糖尿病とか生活習慣病とかとは無縁だとは思いますけど、ほどほどに」

『わ、分かっておるわっ』

「ということで、みなさんからリクエストを聞いていきたいと思います」

『ハイハイハイハイッ、妾じゃっ！　いつもの順番なら当然妾からじゃなっ！』

人一倍テンションの高いニンリル様。

他の神様ズも半ば諦めているようで『さっさと話させて黙らせるのが一番』とかコソコソ言っているのが聞こえてきた。

『認めるのは癪《しゃく》だけど、前より少し太りはしたけどニンリルちゃんって黙ってさえいれば絶世の美女なのにねぇ。本当、残念な子だわぁ』

『ククク。キシャール、そんなしみじみ言うなよ。その方がかわいそうだろうが』

『だけど、アグニだってそう思うでしょう？』

『いや、まぁそうだけどよ』

『ニンリルはポンコツ。神界にいる神々はみんな知ってる』

ちょっとちょっとニンリル様、キシャール様とアグニ様、ルカ様からも散々に言われてるよ。

全然聞こえてないみたいだけどさ。

『やっぱり妾はどら焼きは外せないのじゃ。あれは美味しい。毎日食べても飽きないのじゃ。それと不三家のケーキじゃな。あれもいい。いろんなケーキがあって、どれも美味しいからのう。じゃからいろんな種類のケーキが欲しいぞ。そうだ！　また新しいのが出てたら……って、お主、聞いているのか!?　妾は今大切な話をしているのだぞ！』

大切な話って、ほぼニンリル様が食いたいものの話だよね。

こんなんなんだもん、ニンリル様が絶世の美女と聞いても想像つかないわ。

「はいはい、ちゃんと聞いてますから大丈夫ですよ。どら焼きと不三家のケーキでしょ」

『うむ。新しいのが出てたらそれもだぞ！』

「分かってますって。新作が出てたらそれもってことですね。残りは適当に選んじゃっていいですか？」

『うむ。あ、当然残りも甘味じゃからな！　よろしく頼むぞ！』

「はいはい、分かってますよ」

いつものことではあるけど、ニンリル様のお供えは見ているだけで胸焼けする甘味だらけになりそうだ。

『次は私、キシャールよ。私がお願いしたいのは、いつもの洗顔フォームと化粧水とクリーム、それからシートパックね。それから……』

キシャール様のリクエストとしてはいつものちょいお高めの洗顔フォームと化粧水とクリームとシートパック一式と顔用の美容製品で何かいいものをというものだった。

シャンプー&トリートメントについては、この間詰め替えも一緒に渡したこともあってまだまだ大丈夫とのことだし、ボディソープについても何本か渡してあるのでこれも大丈夫とのことだった。

そうなると、やっぱり欲しいのは顔用の美容製品とのこと。

キシャール様が言うには、高保湿の美容液とか、とにかく効きそうなものをお願いとのことだった。

俺にそんなことを言われてもって感じなんだけど、これはネットスーパーを見ながらキシャール様のご希望に沿うようなものをできるだけ選ぶようにするしかないだろう。

キシャール様のリクエストを聞いて次はアグニ様。

『俺は当然ビールだ！　いつもの青いやつと金色のやつは箱で頼む。あとはな、この間のいろんなビールが入ってたのも良かった。あんな感じでいろんな種類が入ってるのも悪くないな』

いろんなビール……、あっ、地ビール飲み比べセットか。

ああいうのが良ければ、地ビールの飲み比べセットは他にもいくつかあったし、海外のビールの飲み比べセットなんてのもあったからそういうのを入れるとするか。

『あとはビールに合う食いもんがあるといいな。ほら、この間お前が作ってた内臓の焼いたのとかさ、あれなんてビールに合いそうなんだよなぁ』

ええ、ホルモン焼きはビールにバッチリ合います。

肉ダンジョン祭りで俺が作ったホットドッグもビールと相性いいよな。

旅の間の飯でソーセージは作ってなかったから、それも兼ねて明日作ってもいいかもな。

他にもビールに合う料理として簡単なものをいくつか作ってビールとともに献上するとしよう。

『あとの残りはもちろんビールでな。どんなビールにするかはお前に任せるからよ、美味いの頼むぜ！』

初めてだった地ビールの詰め合わせも気に入っていただけたようだから、新しい銘柄を中心に選んだほうが喜ばれるかもしれないな。

ま、その辺は困ったときの〝リカーショップタナカ〟頼みだな。

『次は私。私はやっぱりアイスがいい』

ルカ様はアイスが大のお気に入りのようで、今回のリクエストもアイス中心だ。

聞いていくと、いろんな味のアイスが食べてみたいとのこと。

今までは不三家のカップアイス中心だったから、今回はネットスーパーからも選んでいこう。

あとはカットケーキも欲しいとのことで、ニンリル様と同じく新作をご所望とのことだった。

『それからご飯も欲しい。旅の間用にあなたが作ってたの美味しそうだった。あれ全部欲しい』

おおぅ、ずっと見られてたのかよ。

まぁ、旅の間の飯はたっぷりめに作ったからルカ様の分くらいは出せるからいいけど。

最後は当然この2人、ヘファイストス様とヴァハグン様だ。

『やっと俺たちの番だな』

『俺たちは2人で次はどれがいいかあれこれ話してたからな。だいたい決まってるぞ』

ウイスキーを飲みながら2人で次は何を頼むかって話にも花を咲かせていたようで、リクエストはある程度は決まっているようだ。

『まずはいつもの世界一のウイスキーだな。これは儂《わし》も戦神のも好きじゃから1本ずつじゃな』

『ああ。残りは俺たちが今まで飲んだ事のないウイスキーで頼むぞ』

『うむ。いろんな味を試したいからな。それと、できるだけ多くの種類を頼む』

ということは値段の高いものというよりは、そこそこの値段のものをたくさんということか。

こちらも〝リカーショップタナカ〟頼みだな。

「それでは、明日の夜お渡ししますね」

『うむ、妾の希望したものを忘れるでないぞ！』

「分かってますよ。メモもとってますから大丈夫ですって」

ネットスーパーで購入したメモ用紙にみなさんのリクエストはちゃんとメモしたから大丈夫だよ。

『それじゃ、楽しみにしてるわね～』

『また明日な！』

『明日』

『楽しみにしてるからのう！』

『頼むぞ！』

こりゃ予想外に明日は忙しくなりそうだな。

◇◇◇◇◇

「ふぅ、こんなもんかな」

目の前には大量のソーセージが出来上がっていた。

アグニ様とルカ様に献上するホットドッグ用ではあるが、どうせ作るなら俺たち用の作り置きもと多めにな。

ホットドッグ用の塩胡椒《こしょう》だけの味付けのものと、粗びき黒胡椒多めの粗びき黒胡椒風味とハーブレモン風味と作ってみた。

ついでなのでひき肉もストック用に大量に作ったから、いつでもひき肉料理ができるぞ。

ひき肉はいろいろ使えるからな、肉そぼろに野菜炒めにメンチカツに……、あ、今度ミートボールなんて作ってみるのもいいかもしれないな。

俺は油で揚げた外はカリッとして中がフワッとしたミートボールが好きなんだけど、1度油で揚げないといけないからちょっと面倒で今まで作ってなかったんだよね。

今度時間があるときに作ってみようかな。

多めに作ってストックしておいてもいいし。

思い出したら何か食いたくなってきた。

よし、今度時間があるときに作ろう。

って、それは置いておいて、アグニ様とルカ様のホットドッグだな。

今回は、オーブンを使って生ソーセージを焼いてみた。

同時進行ってことで既にオーブンへ入れてあったから、もうそろそろ焼きあがるころだろう。

大量のソーセージをアイテムボックスへとしまってからオーブンを覗《のぞ》いてみた。

「うん、いい感じに焼けてるな」

ソーセージをオーブンから取り出していると……。

フェルとドラちゃんとスイが俺の後ろに勢ぞろいしていた。

「………………」

フェル、無表情を気取ってるけど涎垂《よだれ》れてるからな。

ドラちゃんもパタパタ飛びながらソーセージに目が釘付《くぎづ》けだし。

スイもなんかこっち見てプルプル震えて食べたいなオーラを出してる。

「これ、お前たちにじゃないからね。神様にお供えするためのものだから」

『なぬっ!?』

『食えないのか!?』

『食べられないのー?』

「いやさ、みんな朝飯しっかりたっぷり食ったよな?」

『それはそれ、これはこれだ』

『そうだぞ。ちょうど小腹が空《す》く時間だしな』

『食べたいなぁ……』

フェルやドラちゃんはともかく、スイちゃんそんな切なそうな声で言わないでよ。

「とにかく、これは神様へお供えするものだからダーメ」

そう言って、アグニ様とルカ様に献上するホットドッグを作り始めた。

ネットスーパーで買ったホットドッグ用のパンにオーブンで焼いたソーセージを挟んでケチャップとつぶマスタードをたっぷりかけて出来上がり。

肉ダンジョン祭りで出したホットドッグを意識して、あえてソーセージ以外は挟まずシンプルにしてみた。

多めに5個ずつ用意したからこれで大丈夫だろう。

「で、何でみんなまだいるのさ？」

『美味そうな肉の匂いがしたら離れられんわ』

『そうだそうだ。俺たちにも食わせろ！』

『あるじー、食べたいよー』

ったくしょうがないなぁ。

「たくさんは出さないぞ。おやつ程度だからな」

『うむ』

『チッ、しょうがねぇなー』

『おやつー』

俺は、再びオーブンでソーセージを焼いて、フェルとドラちゃんスイにそれぞれ10個ずつホットドッグを作ってやった。

もちろんというか10個くらいならみんなペロッと食っちゃったよ。

その後の昼飯もみんなしっかりいつもどおりの量を食ってたな。

この食いしん坊トリオはみんなどんな胃袋をしてるのやら。

◇　◇　◇　◇　◇

昼過ぎは、神様ズからのリクエスト品を購入することに充てていた。

メモを見ながらあれやこれやと選んで購入した品は、神様ごとに分けて段ボールに収納してある。

けっこう真剣に選んだから満足してもらえるんじゃないかなと思う。

自分ではあんまり見ないネットスーパーのメニューとか、自分では気がつかなかった品も見られたからわりと楽しかった。

まぁ、そのせいかこんなものあったのかって自分でも欲しくなってついつい自分の物も買っちゃったけどな。

キシャール様のために、化粧品やらの美容関係を見ていたらメンズコスメのメニューを見つけてさ、ここのところ頬がかさついていたから思わず自分用にクリームを買っちゃったよ。

それに、テナントのリカーショップタナカを見てたら新商品の缶チューハイの広告があって、そういえばこっちに来てからチューハイ飲んでないなぁなんて思ったら飲みたくなってその新作の缶チューハイとS社の缶チューハイの銘柄10種類の味をセットにしたものがあったからそれを思わずポチっちゃったよ。

まぁ、そんなこんなで楽しみつつ神様ズのお供えものを用意していたら、孤児院にパンを取りに行く頃合に。

「おーい、みんな。今から孤児院に注文してたパンを取りにいくけど、みんなはどうする？　一緒に行くか？　留守番してるか？」

孤児院の場所は分かっているし、それほど危険な場所を通っていくわけでもないから1人でも大丈夫ではあるし。

『暇だし、一緒に行くぞ。美味そうな屋台があるかもしれんしな』

『だな。当然俺も行くぞ』

『スイも行く～』

グッ、屋台狙いかよ。

まったくしょうがないやつらだな。

結局孤児院に向かう途中で、みんなの琴線に引っかかった屋台3店舗をはしごすることになった。

まぁ、どれも美味かったからカレーリナの家にいるみんなへのお土産にしてもいいし旅の途中で食ってもいいしってことで、俺も大量購入したから文句は言えないけどね。

そんな寄り道をしつつ孤児院に到着。

「こんちは～」

挨拶をして敷地の中へ入ると、既に顔見知りとなっている俺を子どもたちがすぐに院長先生の下へと案内してくれた。

「ムコーダさん、お待ちしておりました」

院長先生がにこやかに迎えてくれた。

「お願いしておいたパンは出来てますか？」

「はい、もちろんです。ムコーダさんのご注文ということで、みんなで朝から張り切ってパンを焼きましたよ。こちらです」

案内された作業台の上には、いい感じに焼きあがったコッペパンが並べられていた。

「おお、たくさんありますね。ありがたい。それじゃ、これ全部いただいていきますね」

肉ダンジョン祭りのときに注文した分よりも多いくらいだな。

コッペパンをアイテムボックスにしまうと、昨日のうちに用意しておいた麻袋を取り出した。

「よっと。それじゃこれ、代金です」

院長先生の前へと麻袋をドスンと置いた。

中身はきっかり金貨２００枚入っている。

いかにも重そうな麻袋を見て困惑気味の院長先生。

「ええと、パンの代金とあとは俺の気持ちです」

院長先生が麻袋の中を覗いて目を見開いた。

「ムコーダさん、これは………」

「ここの孤児院も大分古くなっておられるようなので、建て替えの足しにでもしてください」

「大変ありがたいお話ですが、それにしても多すぎます。この院を建て替えしても余るほどですよ」

あれ、そうなの？

こんくらいあれば少しは足しになるかなと思ったんだけど、多すぎたか。

でもさ……。

「余ったら、子どもたちのために使ってください」

「しかし……」

「この街では楽しい思いさせてもらいましたし、ここの子どもたちにもいろいろと手伝ってもらいましたからね。俺の気持ちですから。俺も一応Sランクの冒険者ですから、これくらい大丈夫ですよ。遠慮なく使ってください」

「ムコーダさん……。ありがとうございます。大切に使わせていただきます」

「それじゃ、もうそろそろ帰ります。……そうだ、メイナードとエンゾが2人で屋台を始めるみたいですけど、予算が足りないようだったら少しだけ協力してやってください。それと『来年もこの街に来るから精進しておけよ』って伝えてください」

俺がそう言うと、笑みを浮かべた院長先生から「2人にしっかりと伝えておきます」と返ってきた。

フェルたちを連れ孤児院を出るときには、院長先生はじめシスター全員が俺に向かって祈るように手を合わせて頭を傾けていた。

深い感謝の念が伝わってきて、偽善って言われるかもしれないけど寄付ってのも悪くはないなと思った。

ま、それも自分に余裕があるときだからだけどね。

『よし、終わったな。屋台巡りをするぞ』

「え？　そんな話なかったよね」

『明日にはこの街を出るのだろう？　最後の食べ納めだ』

『お、いいなそれ！』

『ヤッター！　お肉～！』

『よし、行くぞ！』

フェルのその掛け声とともに先走る食いしん坊トリオ。

「ああ、待てよー！　金がないと食えないんだから俺を置いていくなってばー！」

俺は急いで屋台が並ぶ通りに向かって小走りに向かうフェルたちのあとを追った。

結局この日は、この街の屋台の食べ納めだとフェルもドラちゃんもスイも居並ぶ屋台を食い尽くす勢いで食いまくった。

俺としてはみんなの夕飯を作らなくて済んだのでラッキーだったけどね。

それに、またあれこれと屋台の品を大量購入させてもらってお土産も増えて俺も大満足だった。

◇　◇　◇　◇　◇

「みなさん、お待たせしました」

そう声を掛けると、騒がしい声と足音が聞こえてきた。

『待ちわびていたのじゃっ！　早《は》よう早ようっ、妾の甘味っ！　甘味ーっ!!』

ちょちょちょちょ、ニンリル様、興奮しすぎ。

『ちょっと、落ちつきなさいよニンリルちゃん』

『そうだぜまったく』

『……おバカ』

『ああはなりたくないのう』

『だなぁ』

みんな呆《あき》れてるじゃん。

まったく本当に残念な女神様だな。

「えーっと、それでは順次お送りしますのでお受け取りください。それじゃまずはニンリル様の分です」

ニンリル様用の段ボールを並べていく。

中には当然ニンリル様ご所望の大好物のどら焼きとケーキがたっぷりと入っている。

新作のケーキってことだったけど、ちょうど秋フェアとハロウィンフェアをやっていたからそこからのチョイスだ。

秋の味覚といえば栗ということで、贅沢《ぜいたく》にも3種類のマロンクリームを使った新作のモンブランにふんだんに栗を使った栗のロールケーキ、そのほかにも国産リンゴを使ったアップルパイやリンゴを丸ごと1個使ったリンゴのケーキやラフランスをたっぷり使ったタルトなどをご用意。

密《ひそ》かに甘い香りが漂うそれは、並べきった途端に淡い光とともに消えていった。

「早っ……」

『うわぁぁぁぁぁん、しばらくぶりの異世界の甘味じゃーっ。グスッ、やっと、やっと、食べられるのじゃーっ！　ありがとー！』

………泣いてるやん。

そんな泣くほど堪えたならさ、いっぺんに食わずに計画的に食いなよ。

『ちょっとニンリルちゃん、ここで食べようとしないでよ。はしたない』

『うるさいっ。ずっと待ちわびていた甘味が手に入ったんだから今すぐに食べるのじゃ！』

『うわぁ、ニンリルのやつ両手に持ってかぶりついてるぜ』

『口の回りがクリームだらけ。汚い』

『おいおい、お主ら女神仲間じゃろ。あいつを何とかせい』

『そうだぞ。あの姿はさすがに引くわ』

『知らないわよそんなの』

キシャール様もアグニ様もルカ様もなんともしようがないのは分かるけど、酒好きコンビからもひどい言われようだぞ。

『ああもう、ニンリルちゃんは放っておいて次よ次、異世界人クン』

「い、いいんですか？」

『大丈夫でしょ。あなたからもらったケーキとかいうお菓子をむさぼり食べてるだけだし。そのうち満足するでしょ』

一応でも女神様がケーキをむさぼるって……。

『うわぁぁぁぁん、久しぶりのどら焼きもケーキも美味しいのじゃぁぁぁ』

……うん、さわらぬ神に祟《たた》りなしだね。

「ええと、進めますか。次はキシャール様ですね」

キシャール様用の段ボールを置いた。

当然中身は美容製品だ。

キシャール様のリクエストである、ご愛用のちょいお高めのスキンケア一式。

それから顔用の美容製品とのことだったので、美容成分がたっぷり入ったプレミアムなものを選んでみた。

その分値段もプレミアムだったけどね。

一つは、肌本来の美しさを引き出して滑らかでハリのある肌に導く美容液。

値段はなんと金貨1枚と銀貨4枚もした。

このお高めの値段にもかかわらず、その効果から人気の美容液なんだそうだ。

もう一つは、おすすめと出ていた美容オイルだ。

厳選された5種の天然植物オイル成分をブレンドした軽やかな付け心地の美容オイルで、艶と潤いのある柔らかな肌に導くとのこと。

馴染《なじ》みの良いオイルで顔はもちろん髪や体にも使えるという。

何でも今女性の間では美容オイルが流行《はや》っているのもあって、今一番おすすめの商品とのことだ。

この美容オイルの値段も金貨1枚と銀貨4枚。

やっぱり美容製品ってのはいいお値段するよねぇ。

ま、これならキシャール様も満足してくれるんじゃないかなと思ってる。

段ボールが消えていったあと、キシャール様にプレミアムな美容液と美容オイルの説明をしたらかなり食いついてきたよ。

『効果が高い美容液と今一番オススメの美容オイルね！　ありがとう、異世界人クン。フフフフ、どっちも使うのが楽しみだわぁ。ところでこの美容オイル、これはどうやって使うのかしら？』

「ちょっと待ってくださいね」

ネットスーパーで見たときに確か使い方が商品説明のところに載ってたはずなんだけど……。

確認してみると、使い方が載っていた。

「えーとですね、オイルは使い方が何通りかあるみたいです。まず一つは洗顔のあとすぐに使うと肌が柔らかくなって化粧水の浸透を助けてくれるそうですよ。それから化粧水、美容液とつけてお手入れの最後にクリーム代わりにオイルを使うのもいいし、化粧水やクリームに混ぜて使うと保湿力が高まるってありますね。あとは、マッサージクリームの代わりにしてもいいそうです。いずれも1プッシュを基本にそのときの肌の状態によって使い方や量を調節してくださいって書いてありますね」

『へぇ～、いろいろと使えるものなのねぇ。これは早速今日からいろいろ使ってみて効果を試してみなきゃだわ。楽しみ～』

『もういいだろキシャール。替われよな』

『まったくアグニちゃんはせっかちなんだから』

焦《じ》れたアグニ様のご登場だ。

『次は俺だぞ。早くくれ』

「はいはい、アグニ様ですね」

アグニ様用の段ボールを並べていく。

中身はもちろんビールだ。

ご希望どおりいつもの青い缶のS社のプレミアムなビールと金色の缶のYビスビールのほか地ビールの詰め合わせを2セットほど選んでみた。

その他にも海外のビールの詰め合わせに黒ビールやら新商品のビールやら、いろいろと入っているので、ビールが大好きなアグニ様にも満足してもらえるんじゃないかと思う。

そして、ビールに合う食いものも一緒にということで、アグニ様ご所望のホルモン焼きやホットドッグ、あと旅の間の飯として作った中から、揚げ物を数種みつくろってある。

『おおっ、こりゃ美味そうじゃねぇか！　あんがとな！　帰ったら早速これで一杯やるぜ！』

こう言っちゃなんだけど、アグニ様って親父《おやじ》っぽい。

お会いしたことはないけど、どこぞの親父のようにホルモン焼きやら揚げ物をかっ食らってビールを豪快にゴクゴク飲んでいる姿が目に浮かぶようだよ。

『次は私』

お、ルカ様だな。

ルカ様の分はっと、これだな。

ルカ様用の段ボールを並べ終わると、すぐに消えていった。

中身はアイスとケーキだ。

いつもの不三家のカップアイスに今回はネットスーパーからもいろいろ選んでみた。ちょいお高めのアメリカのアイスクリームブランドのアイスやら庶民派のお手頃価格のアイスまで、いろんなものを詰め込んだ。

ケーキもニンリル様同様に不三家の新作を中心に選んでみた。

それから、ご飯とのことで、俺が旅の間の飯として作ったものも一通り入れてある。

あ、昼間作ったホットドッグもな。

『アイスいっぱい。ケーキもいっぱい。ご飯もいっぱい。嬉しい。ありがと』

ルカ様の声が心なしか弾んでいるように聞こえるから、喜んでもらえたようだな。

良かった良かった。

『よっし、最後は儂たちじゃ！』

『どんと来い！』

何がどんと来いだよ、ったく。

酒好きコンビことへファイストス様とヴァハグン様の分の段ボールを並べていく。

ウイスキーの瓶が詰まった段ボール箱はけっこうな重さだ。

いつもの国産メーカーの世界一のウイスキーのほかは、できるだけ多くの種類をというリクエストだったからとにかくいろいろ詰め込んでみた。

日本の国産ウイスキー、スコッチウイスキー、アイリッシュウイスキー、アメリカンウイスキー、カナディアンウイスキー、手頃な値段のものを中心に片っ端から選んでみた。

「よっと。これで最後です。重いんで気をつけてくださいよ」

『分かったぞい』

ヘファイストス様のその言葉とともに重い段ボール箱が消えていった。

『ヒャッホウ！　儂らの注文どおりいろいろ入ってるわい。ありがとよ』

『なるべくいろんな種類って頼んだからな。しかし、こんだけありゃ飲みがいがあるってもんだぜ。感謝するぜ！』

『よしっ、今から飲むぞ戦神の！』

『望むところだ鍛冶神の！』

ドタドタと足音が聞こえてきた。

…………。

えー、早速飲みに向かっちゃったのか？

「あのー……」

『次は何にしようかの～。よし、このケーキじゃ！』

『……みんな帰った。ニンリルだけここにいてケーキ食べてる。私も家に帰ってアイス食べるから。じゃ、またね』

ハルカ様分。
お供え

「あー、はい、ルカ様」

……撤収早っ。

ったく欲しいものが手に入って喜び勇んで家に帰るって子どもみたいじゃないかよ。

約1名その場で手をつけてるのもいるから、それよりはマシか。

「ま、とりあえずお供え完了ってことで。明日は早めにこの街出る予定だしさっさと寝よ寝よ」

◇　◇　◇　◇　◇

ローセンダールの街を出る前に商人ギルドに寄って、借りていた屋敷の鍵の返却と家賃の精算をした。

そして、冒険者ギルドにも寄ってギルドマスターのジャンニーノさんに挨拶をするとずいぶんと感謝されたよ。

依頼ではあったけど、けっこうな量のダンジョン豚とダンジョン牛の上位種の肉を買取に出したからな。

俺たちもそれ以上の大量の美味い肉を確保できたから万々歳だけど。

それから街の門へ向かうと、そこには……。

「兄ちゃん、遅いぞ！」

肉ダンジョンの1階層で知り合いになったルイスとそのパーティーのメンバーやうちに手伝いに来てくれた孤児院の子どもたち、そして俺を師匠と呼ぶ料理人コンビのメイナードとエンゾが見送りに来てくれていた。

「何だ、お前たち来てくれたのか」

「まぁ、兄ちゃんには世話になったからな」

「師匠をお見送りするのは弟子として当然です」

「そうそう」

何かこそばゆいような気持ちではあるけど、嬉しいもんだな。

「兄ちゃん、またこの街に来てくれるんだろ？」

「ああ、もちろんだ。また来年の肉ダンジョン祭りに合わせて来るつもりだよ」

「そうか。兄ちゃんにはいい武器作ってもらったし、来年また会うときまでにはもっともっと強くなってるぜ！」

「ああ。今よりもっと魔物を倒して、もっと肉を手に入れられるようになるぞ！」

「おう！」

冒険者組のルイスはじめパーティーメンバーは気持ちも新たにやる気満々だ。

「勢いがあるのはいいけど、まぁ、ケガだけはしないように気をつけろよ」

「もちろんさ！　その辺は俺たちも考えてるよ」

「そうだぞ。連携の練習もしてるしな。な、みんな」

「「「ああ」」」

「そうか。みんながんばれよ。そうだ、次にこの街に来たときには、みんなが狩った獲物の肉で料理作ってやるよ」

そう言うとみんな「ヤッター」と歓声を上げていた。

「師匠、俺たちも師匠から受け継いだレシピを大切にしてがんばります」

「院長先生から聞きました。師匠のおかげで屋台もあと少しで完成するんですよ」

「おお、それは良かったな」

メイナードとエンゾの屋台も目処《めど》がついたんだな。

本当に良かった。

「すべて師匠のおかげです」

「本当にありがとうございます」

「ま、あとはお前たちの努力次第だ。がんばれよ」

「「はいっ」」

「次にお会いするまでに、教えていただいたレシピをより美味しいものにしておきます！」

「そうだな。そして師匠に食べてもらって絶対唸《うな》らせてみせますからね！」

「ハハハ、その意気だ。楽しみにしてるからな！」

子どもたちが俺を見ていた。

「それじゃ、みんなまたな！」

「兄ちゃん、絶対来年も来いよ！」

「師匠、待ってますからね！」

「絶対ですよ！」

「ああ。絶対また来るよ！」

名残惜しいけど、カレーリナに向けて出発だ。

『じゃ、フェル、ドラちゃん、行くか』

『うむ』

『ああ』

俺はフェルとドラちゃんを傍らに門の外へと歩を進めた。

スイはいつものように革鞄《かわかばん》の中だ。

ルイス、メイナード、エンゾ、そして孤児院の子どもたちも俺に向かって手を振っていた。

俺も後ろを振り返りつつ手を振る。

「ローセンダールの街、いい街だったな」

『うむ。美味いものに溢《あふ》れたいい街だった』

『楽しかったな』

でも、やっぱり落ちつくのはカレーリナの街かな。

「カレーリナに帰ろう」

『うむ。早く帰ろう。そうしたら次こそは難関のダンジョンだ』

げっ……、フェルってば覚えてたんだ。

『お、いいな！　隣国にあるっていうダンジョンだろ？　面白そうだぜ』

ドラちゃんも覚えてるんだ。

『ダンジョン～？』

わわ、ダンジョンって聞いてスイまで起きだして来た。

「いや、そのな、それはカレーリナに帰ってからだ。な」

『そう言ってまた先延ばしにする気だろう』

ギクッ。

『ああん、そうなのかぁ？』

「い、いや、そんなことは……」

バレてるやん。

どうしよう先延ばしに出来ないよ、これ。

『本当ならこのまま隣国へ行ってもいいくらいだが、それだとお主が嫌がるだろう』

「そ、そりゃ、そうだよ。家で待ってるみんなには長くても3か月で戻るって言ってあるんだから」

『だから戻ってやると言っておるのだ。しかし、その後は分かっているな？　ん？』

エェェ……、これ行かないって選択肢はないじゃないか。

「……分かりました。隣国のエルマン王国にあるダンジョンに行きます」

『フン、分かればいい』

『ヤッホー、難関ダンジョンだぜー！　腕が鳴るなぁ』

『ダンジョン行くのぉ？　ヤッター！』

『そうと決まればさっさと帰るぞ。乗れ』

しょうがないな、分かりましたよ。

フェルの背へ乗り込むと、すぐさまフェルが駆け出した。

「うぉぉっ、速過ぎるって！　もうちょっと速度落として！」

『お主は何度我の背に乗っているのだ？　いい加減慣れろ！』

「俺だって少しは慣れたと思ってたよ！　でも、これは速過ぎるってば！　この速さは慣れろって言われて慣れるもんじゃないだろうがぁ！」

『フンッ、お主は黙ってつかまっておれ。速度を上げるぞ！』

「いやいや、さらに速度をあげるって、止めて！　ちょっと待てっ！　死ぬってば！　わわわ、わぁぁぁぁぁぁぁっ……」

閑話　半年後の子どもたち

一日の仕事を終えて屋台を引いたメイナードとエンゾが孤児院に戻ると、その周りに小さい子たちが群がった。

「「「「おかえりー」」」」

「ただいま」

「みんな、ただいま」

小さい子たちは2人を囲んで「お肉ー」「お肉、お肉」「お肉ちょーだーい」と騒ぎだす。

成長著しい子どもたちはいつだって飢えているのだ。

「ったく、しょうがないなぁ」

そう言いつつも、子どもたちのために屋台の準備を始める2人。

ここで育ったメイナードとエンゾの2人にとって、ここにいるみんなは家族であり、年下の子たちは弟妹といっても過言ではなかった。

そして、腹を空《す》かせたこの子たちの腹を満たすことは、2人にとって孤児院ひいては院長先生方への少しばかりの恩返しでもあった。

食欲旺盛な育ち盛りの子どもたちばかりがいる孤児院で一番金がかかるものといえば食費であり、

そのことに院長先生をはじめシスター方はいつも頭を悩ませているのを2人とも知っていたから。

「モツが残ってるから、串焼き焼いてやるから。みんな大人しく待ってな」

今では、トリッパ風モツのトマト煮込みは2人の屋台の名物で毎日売り切れてしまうため、みんなに作るのはモツの串焼きだ。

ジュウジュウと音を立てて焼けていくモツの串焼きからジュワリと脂が滴り落ちていく。

そして、辺りには肉が焼ける香ばしい香りが。

その香りを嗅ぎつけた子どもたちがワラワラと2人の屋台の周りに集まってきた。

みんな涎《よだれ》を垂らしながら、モツが焼けるのを今か今かと待ち構えている。

「お、今日は間に合ったな」

集まった子どもたちの後方からそう声を上げたのは、メイナードとエンゾと同じく年長組の冒険者を目指しているルイスだった。

「何だ、ルイスたちか。今日はもうダンジョンから戻ってきたのか」

「ああ。連携が上手《うま》くいって順調に狩りが進んだからな」

「そうそう、今日の狩りは上出来だったよな」

「うん。今日は6匹も狩ったし」

「しかも、運のいいことにワイルドチキンも出たしよ」

余程ダンジョンでの狩りが上手くいったのか、冒険者志望でルイスとパーティーを組む仲間たちが次々と興奮気味にそう言った。

「そうか。お前らも成長してるんだな」

「ハッ、当然だぜ」

エンゾの言葉に当然だと返すルイス。

「兄ちゃんと約束したからな。成長してなかったら合わせる顔ないぜ」

そのルイスの言葉にルイスのパーティーメンバーも頷《うなず》いている。

「ハハッ、そうだな。おっと焼けたな」

焼けたというエンゾの言葉を聞いた子どもたちが「ちょうだい、ちょうだい！」「お肉ー！」と殺到した。

「並べ並べー！　ちゃんと並ばないとあげないからな！　そんで、いつものとおり1人1本だ！」

メイナードが声を張り上げると、スッと子どもたちが一列に並ぶ。

並んだ子どもたちに1本ずつモツの串焼きを渡していくメイナードとエンゾ。

串焼きを手にした子どもたちは、嬉《うれ》しそうにかぶりついている。

そこかしこから「美味《おい》しい！」と弾んだ声が聞こえてきた。

「今日は俺たちももらうぜ」

「ああ。どうぞ」

列の最後尾にいたルイスたちにも1本ずつ渡していく。

「む、何か前に食ったときより美味《うま》い気がする……」

モツの串焼きを食べたルイスの仲間の1人がそう言った。

「そうか?」

「相変わらず美味いのは分かるけど」

「フフフフ、分かるやつには分かるか」

「だなぁ」

「何だよ、もったいぶった言い方して」

「がんばってるのはお前らだけじゃないってことさ。な、エンゾ」

「そういうこと」

メイナードとエンゾがモツの串焼きを見てそう言った。

「ん? この串焼き何か変えたのか?」

「ああ。俺たちは日々味の研究を怠らないからな」

「そうだぞ。この串焼きのタレも、数日前から味を少しだけ変えてみたんだ」

「そうなのか?」

「ほんのちょっとだけどな。今まで入れてなかったハーブをほんの少し足してみた」

「わずかな差だけど、爽やかな酸味がほんの少し感じられると思う」

「このハーブを入れたことによって脂の多いモツもさっぱりといけて飽きのこない味に仕上がった

と思うんだ」

2人にそう言われて、ルイスは串焼きをしげしげと見つめた後に味を確かめるように再び頬張った。

「モグモグ……、うーん、言われてみれば肉を噛《か》み締めるとなんとなく酸味を感じるかも」

ルイスの仲間たちも再び串焼きを味わいながら「言われてみれば」とか「確かに」などとつぶやいていた。

「2人も努力してんだなぁ」

微妙な差だが、少しでも味を良くしようという2人の気概にルイスがしみじみとそう言った。

「それこそ当然だ。こんなチャンスもらったんだからさ、怠けてたら師匠に合わせる顔が無いよ」

「だよな。串焼きだけじゃなく、俺たちの店の看板メニューのモツのトマト煮込みだってさらに美味さを追求して日々研究してるんだぞ」

「もちろん師匠から教わった基本はそのままにしてだけどな」

「兄ちゃんとの再会まであと半年か」

「そうだな。俺たち、師匠に食べてもらって絶対唸《うな》らせてみせるなんて大見得《おおみえ》切っちゃったし。さすがにそれは無理でも少しは成長したところ見せたいしな。だからがんばるさ」

「だな」

「それを言うなら俺だって兄ちゃんに次に会うときまでにもっともっと強くなってるぜって言っち

まってるし。でもよ……、また会うの楽しみだな！」

「そうだな！」

「ま、お互いがんばるしかないさ」

ローセンダールの街を出て最初の野営。

この日は早めに夕飯も済ませたので、恒例のデミウルゴス様へのお供えをすることにした。

お供えはいつものとおり、日本酒数本とプレミアムな缶つまのセットだ。

『いつもすまんの～』

「いえいえ」

ま、これも保険みたいなもんですしね。

『彼奴《あやつ》らの分に儂《わし》の分とお主にはずいぶんと手間をかけさせて、本当にすまんなぁ』

「大丈夫ですよ。ニンリル様たちも1か月に1回にしてもらったので余裕がありますし、デミウルゴス様は日本酒がお好きということなので、それを中心に選ばせてもらってるのでそれほど時間もかかりませんし」

デミウルゴス様は基本おまかせだし、俺もランキングとかおすすめを基準に選んでるからそれほど手間というわけでもないしね。

『そう言ってくれるのは嬉《うれ》しいんじゃが、それじゃあ儂の気が済まんしなぁ。…………そうじゃ！

確かお主らはローセンダールの街を出たとこじゃったな？』

「はい、そうですけど……」

『そうかそうか。それならちょうどいいかもしれんな。儂ら神は、下界にあまり干渉しないというのが鉄則じゃが、これくらいならかまわんだろう』

ん？　どうゆうこと？

『その近くに山があるじゃろう？』

山？

そういえば街道の左手に見えてたな。

『その山に行ってみるといいぞい』

「え？　その山に何かあるんですか？」

『まぁ、それは行ってみてのお楽しみじゃ。おそらくフェンリルあたりが気付くじゃろうて。それじゃあな』

「あっ！　デミウルゴス様っ！」

そのあと何度か呼びかけてみたものの返事はなかった。

「あの山に行けって、何があるんだろう？」

◇　◇　◇　◇　◇

「ということを言われたんだ」

朝飯を食いながら、昨日デミウルゴス様に言われたことを話した。

ちなみにフェルたちは朝から生姜《しょうが》焼き丼をパクついている。

さすがに俺は遠慮して、おかかのおにぎりと高菜のおにぎり、そしてネットスーパーで買った即席の味噌汁《みそしる》をいただいていた。

『神があの山へ行けとはな。面白い……。おかわり』

フェルの5度目のおかわりの声に大盛りの生姜焼き丼を目の前に置いてやる。

「ほらよ。あの山に何があるのかはわからないけど、神様が行ってみろっていうからには行かなきゃダメだよなぁ」

『でもよ、あの山にはあれがいるぞ。俺もおかわりくれ』

今朝はドラちゃんもよく食うな。

ドラちゃんの目の前に3度目のおかわりの丼を置いた。

「ドラちゃんあの山のこと知ってるのか？」

『まぁな。ずっと前だけど、うっかり入っちまってよ。ひどい目に遭った』

おかわりの丼をがっつきながらドラちゃんがそう言った。

『あるじー、スイもおかわりー』

お次はスイがおかわりか。

スイの前にもフェルと同じく5度目のおかわりの丼を置いた。

「ひどい目？」

『ああ。1対1なら絶対負けるようなことないんだけどよう、あいつら数だけは多いからな。それにめちゃくちゃしつこいし。前のときもずいぶん追い掛け回されたぜ。ムカついたから全力で氷魔法ぶっ放してやったけどな』

何か不穏なワードがいっぱい出てきてるんだけど。

あいつら数だけは多いとかしつこいとか。

ドラちゃんは何を指して言ってるんだろうね？

しかも全力で氷魔法とか、ドラちゃんが全力で魔法ぶっ放したらヤバいんじゃないのか？

『そんで追いかけてきたやつ等《ら》の半分以上氷で串刺しにしてやったから、そこで恐れをなしてようやく追い回してこなくなったけどな！』

………ドラちゃんェ。

『何だ、ドラもあいつらとやり合ったことがあるのか』

『というとフェルもか？』

『うむ。しかし、ドラの言うとおり彼奴らは数が多いうえ狡賢《ずるがしこ》いからな。どうとでもなる相手ではあるが、我だけで相手をするには面倒ではあった』

『そうそう、数が多くてしつこくて狡賢いんだった！　あのときも数に物言わせて方々から石を投げられたわ』

エェエ、石投げられたって何なのさ。

『しかしだ、今回は我だけではない。ドラもスイもいる。難関のダンジョンは気になるが、神託を無視することはできないからな。ククク、山へ向かうついでに彼奴らに思い知らせてやるのも面白い』

『おっ、その話乗った！　俺だってあいつらにはひどい目に遭わされたからな。仕返しだぜ！』

何かフェルが悪そうな顔してるんだけど。

それにドラちゃん、氷魔法で串刺しにしてやったんだから十分仕返ししたんじゃないの？

ってかさ…………。

「さっきからフェルとドラちゃんが話してるのって何のことなの？」

『ブラックバブーンのことだ』

『そ。ブラックバブーンっつう魔物のこと』

ブラックバブーン？

バブーンっていうと……、ヒヒの魔物か？

『魔物ー？　戦うのー？』

『そうだ。戦うぞ。もちろん我らが勝つがな』

『ハッハー、当然だぜ！』

『ヤッター！　スイいーっぱい倒すよー！』

フェルもドラちゃんもスイも既にヤル《殺る》気満々だ。

だけど、嫌な予感しかしないのは気のせいだろうか？

「でも、行かないっていう選択はないんだよなぁ。何せ、デミウルゴス様から直々に言われたことだし……」

うーむ。

『よし、朝飯も食ったし、早速向かうぞ』

『おう、行こう！』

『いーっぱい倒すー！』

「ちょ、ちょ、ちょ、ちょい待ちなさいって。なにいきなり行こうとしてんのさ。片付けもしないといけないのに」

『むぅ、さっさとやれ』

「やるけどさ、そんなすぐ行かなくても」

『何を言っている。神託なのだぞ。すぐ実行しなくてどうする』

『そうだぞ、早く山行こうぜ！　あいつらにギャフンと言わせてやるんだからさ』

『あるじー、早くお山行こー』

ダメだこりゃ。

みんなすっかり戦闘モードじゃん。

こうなったみんなに待ては効かないな。

しょうがない、山に向かうか。

◇　◇　◇　◇　◇

デミウルゴス様に行ってみろと言われた山（フェルに聞いたらベリト山というらしい）の目前まで来ていた。

そのベリト山の裾野に広がる深い森。

『この辺りからブラックバブーンの縄張りだ。気を引き締めていけよ』

『おうよ！』

『スイがやっつけちゃうもんねー！』

「お、俺は大丈夫なんだろうか……。不安しかないんだけど」

『まったくお主は弱腰でいかんな。お主には完全防御のスキルがあるのだから、そんなに不安がる必要はないだろう』

「そうは言うけどさ、フェルたちの話を聞いたら不安にもなるさ。数が多いとか石投げてくるとか追い掛け回されたとかさ。確かに完全防御のスキルはあるけど、数で襲われたらめっちゃ怖いぞ」

『ま、そうはならねぇよ。俺たちがいるんだからさ。な、フェル』

『うむ。まとめて彼奴らを始末してくれるわ』

『スイがあるじのこと守るから大丈夫だよー！』

みんな自信満々だな。

まぁ、みんなの実力は知ってるけど、何故《なぜ》か嫌な予感がビンビンにするのはなんでだろうね……。

◇　◇　◇　◇　◇

「うおっ、うぉぉぉぉぉぉぉおっ！」

俺たち一行は只今《ただいま》絶賛追いかけられ中です。

ブラックバブーン、マジ半端ないです。

ブラックバブーンの縄張りだという森に足を踏み入れた途端に、それは現れた。

2メートル近くはありそうな黒毛のヒヒの魔物だ。

原生林のような森の太い木の枝に、地上に、どこからやってきたのか気が付けば無数のブラックバブーンがいて、俺たちの周りをぐるりと囲っていた。

しかもだ、それが叫び声をあげながら歯をむき出しにして威嚇してくるもんだから、正直俺なんてチビりそうになったぜ。

だけど、フェルとドラちゃんとスイはブラックバブーンの存在に気付いていたみたいで落ち着いたもんだった。

フェルなんて『やっとおでましか』なんて言って、有無を言わさずいきなり前足を大きく振り下ろして爪斬撃《そうざんげき》を食らわせるし。

その一撃で生えていた木ごと相当数のブラックバブーンが細切れになった。

それでブラックバブーンの包囲網に穴が開いて、そこから俺たちは逃走。

そして今に至るんだけど、当然俺はいつものようにフェルの背に乗っていたわけで……。

「うわっ、うわぁぁぁぁぁっ！」

木々の間を猛スピードで駆け抜けるフェルに必死につかまりながら、俺はたまらず叫び声をあげていた。

仲間をやられたブラックバブーンは、奇声を上げながら俺たちを追いかけてきている。

しかも、フェルとドラちゃんが話していたように猛烈に石を投げまくりながらだ。

フェルの結界のおかげで石は防げてはいるが、ガンガンゴンゴンと石が当たる音がひっきりなしにしている。

『フェ、フェルッ、この逃走劇はまだ続くのかっ？』

フェルの首元に必死にしがみ付きながら念話でたずねる。

『ドラとスイがどれだけ追っ手を減らせるかだな。ある程度減らしたところで反転攻勢だ』

ドラちゃんは、その翼を生かして森の上空から氷魔法をぶっ放してブラックバブーンの数を減らしていた。

そしてスイは、猛スピードで駆けるフェルの背に乗る俺の肩や背中の上を器用に縦横無尽に動きながら機関銃のように酸弾を連射していた。

『ハッ、どれだけ減らせるかだって？　もう半分近くまで減ってるぞ！　だけどまだまだだ！　こいつらには誰を相手にしてるのかってのを嫌ってほど思い知らせてやるぜ！』

『スイだってもっともーっとヤルんだからー！』

『フハハッ、ドラもスイもその意気だ！　この先に空き地がある。そこで一気に残りを叩《たた》くぞ！』

『おうっ！』

『分かったー！』

『いやいやいやっ、別に全部相手にしなくていいからっ。とにかく追っ手を撒《ま》ければいいだろっ』

もうっ、何でうちのトリオはこんな好戦的なんだよーっ。

あっ、戦神であるヴァハグン様の加護のせいか？

確かヴァハグン様がそんなようなこと言ってた気がする。

いや、でもスイにはヴァハグン様の加護はないはずだけど……。

『よし、速度を上げるぞ！』

『はっ？　ちょ、ちょっと待てっ！』

グンとさらにフェルの駆けるスピードが上がる。

「うわぁぁぁぁぁぁぁぁぁっ」

風圧で目も開けていられないほどだが、それでも背後からはフェルのスピードにも食らいつくブラックバブーンの気配が。

「ヴォッ、ヴォッ」

「ギャアーッ、ギャッ」

「ヴォッ、ヴォーッ」

無数のなんともいえない騒々しい鳴き声が耳に入る。

『お、おい、フェル、この先の空き地で一気に叩くとか言ってたけど、こんな深い森の中に空き地なんてあるのかっ?』

『ある』

『ほ、本当にか?』

『まったく心配性だな。お主は黙って見てろ』

そうは言うけど……。

さらにグンとスピードが増す。

「うっ、うぉぉぉぉぉぉぉぉぉっ…………」

フェルの首に目を瞑《つぶ》りながらしがみ付くこと数分。

『よし、着いたぞ』

そう言ってフェルが足を止めたそこは、深い森の中にあって木の1本も生えていない不自然なほどにだだっ広い空き地だった。

広さはおおよそサッカーコート2面分。

その空き地の半ばほどまで進んだ所で、ブラックバブーンの群れが雪崩《なだ》れ込んできた。

「ヴォーッ、ヴォーッ」

「ギャッ、ギャッ」

「ヴォッ、ヴッ、ヴォーッ」

ブラックバブーンたちの威嚇する声が辺りに響き渡ると、空き地の近くの木に止まっていた鳥たちが一斉に飛び去っていく。

『ホゥ、大分数を減らしたではないか』

『まぁな』

いつの間にかフェルの隣へと舞い降りたドラちゃんがそう答える。

『スイ、がんばったー！』

スイもいつの間にか俺の肩から下りて、ポンポン飛び跳ねている。

『よし、最後の仕上げは我がやるとしよう』

フェルがそう言うと同時に、対峙《たいじ》していたブラックバブーンの群れの中心に竜巻が発生した。

そして……。

「うわぁ………」

つかまるものもなく次々とその竜巻に巻き上げられていくブラックバブーンたち。

フェルの風魔法だろう竜巻がただの竜巻であるはずもなく、いたるところで風の刃が吹き荒れていた。

その竜巻はさながら巨大なミキサーで、容赦なくブラックバブーンを粉々にしていった。

『こりゃあまたエグイ魔法使ったな、フェル』

『フン、此奴《こやつ》らは多過ぎる。これで数の調整もとれただろう』

『わぁ～、赤いのがグルグル回ってるよー！　あるじー、見て見てー』

「ウップ……、見てるよ、スイ。……血で真っ赤に染まった竜巻………」

俺たちの目の前では、血飛沫《ちしぶき》をあげながら赤い竜巻がグルグルと回っていた。

『もうそろそろいいだろう』

フェルのその声とともに竜巻が止《や》んだ。

それと同時にドチャッとブラックバブーンの細切れになった肉片が地面にバラ撒かれる。

「………」

『よし、進むぞ』

『おう』

『もう終わりー？』

「いやいやいや、ちょっと待て」

『何だ？　ブラックバブーンの肉はマズいからどうにもならんぞ。魔石もないし、毛並みもそれほどいいわけではないから貴重なものではないはずだ』

「いや、そういう意味じゃなくって。まぁ、少しは素材のこともあるけどさ。これだけの惨状なのに、何ともなくさ、なんていうかこうもっと気持ち的に」

『何を言っているのかさっぱりわからん。だいたい強者である我らに向かってきた時点で彼奴らの命運は決まった。それだけのことだ。だいたいダンジョンでやっていたこととそれほど変わらんだろうが』

「言われるとそうかもしれないけど……」

ドロップ品が残るダンジョンと違って、この見た目はリアルというかさ。

『そういうこった。奴らの屍《しかばね》も他の魔物の餌になるか、地に還《かえ》るだろうよ』

フェルもドラちゃんもこの惨状を当然のことのように受け止めている。

結局のとこ、この世界は弱肉強食ってことだよな。

分かっちゃいたけどさ。

フェルとドラちゃんとスイという強者が俺の味方で本当に良かったよ。

それにしても、真っ赤な竜巻、夢に見そうだ……。

「ところでさ、フェルはこんな深い森の中にこれだけ広い空き地があるの良く知ってたよな」

『む、まぁな。前に此奴らとやりあったときにちょっとな』

「え？　ちょっとなって……」

目の前の空き地をグルリと見まわす。

「エェェ……」

フェル、お前いったい何やらかしたの？

◇◇◇◇◇

ブラックバブーンの縄張りの森を無事に越えた俺たちの目の前には、切り立った山がそびえ立っていた。

『む？』

そう声に出したフェルが山の頂上付近を睨《にら》んでいた。

「どうかしたか？」

『頂上手前の切り立った崖があるだろう』

「ああ、あるな」

『あの辺り、幻術の類の魔法がかけられているな』

「幻術？　というと、あの辺りに何かあるってことか？」

『おそらくな』

『そういう話なら、俺がちょっくら行って何があんのか確かめてくるか？』

俺とフェルの話を聞いていたドラちゃんがそう申し出た。

確かにドラちゃんなら飛べるから確認してくることもできるだろうけど……。

「幻術の魔法がかけられているってことは、誰かが意図的にかけたってことだろ？　危なくないか？」

『ドラなら問題ないだろう』

『そうだぜ。俺、そんな弱くねぇぞ』

「そりゃドラちゃんが強いのは分かってるけど、行くのはドラちゃん単独だろ？　今まではみんなで行動してたのにさ。何があるのか分からないし、やっぱ心配じゃないか」

『大丈夫だって。何かあったとしても、俺がそんなすぐやられるわけないだろ』

『そうだぞ。ドラの強さは我も認めるところだ。ちょっとやそっとではやられはしないわ』

「フェルとドラちゃんがそう言うならいいけど……」

『すぐに戻ってくっから、お前らはここで待ってりゃいいってことよ。んじゃ、ちょっくら行ってくるわ』

「あっ、ドラちゃん待てっ！」

俺の待てという言葉も聞かず、ドラちゃんは山の頂へと飛んでいってしまった。

「そんなすぐ行かなくてもいいのに。大丈夫かなぁ……」

『心配はいらぬ。ドラは強い』

それは分かってるんだけど、何があるか分からない場所へ単独で向かうとなると心配だよ。

◇　◇　◇　◇　◇

「なぁ、本当に大丈夫なのか？」

ドラちゃんが飛び立って既に2時間近くが経過した。

さすがに心配になって、ジッとしていられない。

『うろうろするな、落ちつけ。ドラなら心配いらんと何度も言っているだろう』

落ちつきなくうろうろと歩き回る俺を呆《あき》れたように見るフェル。

「そうは言うけどさ、ドラちゃんが飛び立ってからけっこう時間経《た》ってるじゃないか。何かあったんじゃ」

『待て、あそこを見ろ。戻ってきたぞ』

そう言ってフェルが鼻先で指す空を見上げると、高速でこちらへ向かってくる何かが。

ヒュンと飛んできた何かは、俺たちの前で止まった。

『わりぃわりぃ、待たせたな』

「ドラちゃん！　なかなか戻ってこないから心配したんたぞ！」

『わりぃって』

『フン、だから何度も心配はいらぬと言ったのだ』

「そんなこと言ったって、なかなか戻ってこないんだから心配にもなるだろうよ」

『みんなぁ、どうしたのー？』

ああ、スイも起きてきちゃったよ。

ブラックバブーンとやり合ったあと革鞄《かわかばん》の中で眠ってたのに。

『スイも起きたならちょうどいい。フェルの言ってたあの場所、面白いもんがあったぜ』

「面白いもの？」

『ああ。あそこにはな……』

偵察に行ったドラちゃんの話では、フェルが指摘した頂上手前の切り立った崖には実際に幻術がかかっていて一見しただけではただの崖にしか見えなかったそう。

しかし、フェルから聞いていたこともあって慎重に確認していくと、崖の中腹辺りに洞窟のような横穴を見つけたそうだ。

『幻術で隠されてたのはこれかと思って、とりあえず中に入ってみたんだ。そしたらよ……』

ドラちゃんが見つけたのは槍《やり》で串刺しになった人間の死体。

3体あったそれは大分時が経って骨だけになっていたそうだけど、革鎧《かわよろい》を着て剣を持ち冒険者ギルドでよく見かける冒険者のようだったとのことだ。

それから何かに押しつぶされたように粉々になった魔物の骨もあったという。

洞窟、冒険者、魔物、これらから思い出されるのはダンジョン。

ドラちゃんも「これはもしかしてダンジョンなのか？」って思ったらしいけど、どんどんと奥に進んでも魔物は一向に出てこない。

おかしいなと思いつつ、一旦飛ぶのを止めて地面に足をつけた途端に……。

『ゴォォォッと音を立てて俺の頭上が業火で埋め尽くされたってわけさ』

「足をつけた途端って」

『おそらく罠《わな》だろうな。ドラ、小さくて助かったな』

『ケッ、うるせぇよっ』

「しかし、罠があるってことはやっぱりダンジョンなのかな？」

ドラちゃんの話では魔物は出てこないみたいだけど、罠があるとなるとそれが一番可能性があるような気がするんだけど。

『ダンジョン行くのー？』

『いや、スイ、あれはダンジョンじゃねぇぞ。ある程度奥まで進んでみて思ったんだけど、ありゃダンジョンじゃない。あの罠はダンジョンっていうより人間が仕掛けたものって感じがした』

「人が？」

『ああ。さっき話した業火の罠のときも、油のにおいが残ってたしな。ダンジョンじゃ罠に油なんか使わねぇだろう』

そう言われてみると、確かに。

フェルたちがいたおかげで何の被害もなかったからすっかり忘れていたけど、ダンジョンでもその手の罠があったな。

でも、思い出してみても油のにおいなんて一度もしなかった。

『ダンジョンの罠は基本ダンジョン内にあるもので構成されているからな。火を使う罠ならば油など使わず火の魔石が使われている』

フェルの言うとおり、ダンジョンには魔物がいるんだから油なんか使わなくても火の魔石を使った方がよっぽど効率がいいだろう。

「そうなるとドラちゃんの言うとおり人が仕掛けたものってことか。でも、何であんなところに？そこまでして守りたい何かが、その洞窟に隠されているってことか？」

『宝物とかか？』

「いやいや、宝物とは限らないだろう。あんなところに隠すくらいだから、何か世に出せない曰《いわ》くつきのものかもしれないぞ」

『いや、それはないだろう。そもそも神託でこの山に来たのだぞ。曰くつきのものがあるのなら、わざわざ神が行けとは言わんだろう』

「あっ、そうだった。神託で来たんだよな、この山に。そうなると、何だろうな？」

『ドラの言う宝物というのが一番の線だとは思うが………、あ！』

何かを思い出したようにフェルが声を上げた。

「フェル、何か知ってるのか？」

『思い出した』

「何を？」

『うむ。今から３００年ほど前にな、この辺りに自らを盗賊王などと名乗る野盗がおったのよ』

「盗賊王？」

フェルの話では、その盗賊王と名乗る人物の一味はこの辺りを根城に大陸中を行脚しながら盗みというか強盗を繰り返していたらしい。

商隊、貴族、金のありそうな馬車を狙って襲い、それが成功するとすぐさま移動。

そのためになかなか居場所がつかめずに、当時の国も冒険者ギルドも、この盗賊王には手を焼いていたそうだ。

盗賊王がこの辺に根城を築いていたというのも、フェルだからこそ知っていたものの他は知る由もなかった。

「ここが根城だって教えてやればよかったのに」

『何の義理もないのに教えてやる必要もなかろう』

「そりゃあそうだけど」

『まぁとにかくだ、彼奴らは何かのマジックアイテムを手に入れていたのだろう。当時からブラックバブーンの縄張りだったこの森も、自由に行き来しておったわ』

当時からこの辺がブラックバブーンの縄張りだっていうなら、そりゃあ見つからないわな。

こんな危険地帯にまさか根城があるとは誰も思わないだろうし。

『その盗賊王だが、正に強欲そのものでな。年老いて寿命を迎える寸前だというのに、自分が手にした宝の数々は誰にもやらんと言って行方をくらませたらしいのだ』

うわぁ、すごい欲の塊。

死んだら宝なんて持ってたってどうにもならないでしょうに。

『それから数十年経ち、盗賊王の一味の子孫だかの話でこの辺に盗賊王の根城があったということが噂《うわさ》になった。それで、行方をくらませた盗賊王もこの辺に宝とともに眠っているのではと憶測がたってな。数多くの冒険者が宝を求めて、この地に来たらしいぞ。ほとんどがブラックバブーンに返り討ちにされたようだがな』

「その盗賊王の宝が見つかったって話はないわけだ」

『うむ』

「フェルは、ドラちゃんが見てきた洞窟の中にその盗賊王の宝が隠されているんじゃないかと見ているわけか」

『まあな』

………ありㅤ得る。

そもそもデミウルゴス様のこの神託だって、お供えのお礼という感じだし。

それを考えると、俺の利となることを教えてくださったとしか思えない。

「盗賊王の宝か……」

面白そうではあるな。

『フハハハハ、話は聞かせてもらった！　面白いじゃねぇか！　まだ見つかってないお宝なんて！

スイ、ダンジョンではないが楽しそうな話になってきたぜ！』

『楽しいのー？　スイもやるー！』

『ということで、早速行こうじゃねぇか！』

『うむ』

『行くー！』

「いやいやいや、みんなちょい待ちなさいよ。何だか行く気満々なんだけども、あと1時間もすれば日も落ちるんだぞ。暗くなってから山登りなんてできるわけないだろ、明日明日」

『むぅ、しょうがない』

『まぁ、腹も減って来たし、明日っていうんならそれでいいけど』

『スイもお腹《なか》減ってきたし、明日でいいやー』

ということで、山へは明日登ることとなった。

盗賊王の宝は俺も興味があるから行くのはいいんだけど、その前に……。

「この山、どうやって登るんだろ？」

それこそプロの登山家でもなきゃ無理っぽいんだけど。

◇　◇　◇　◇　◇

『よし、飯だ飯』

『腹減った！』

『お腹空《す》いたー』

「はいはい、分かってるって。……ううっ、さっぶ」

山の麓ということもあり、吹き抜ける冷たい風が身に染みる。

作り置きで済ませようかとも思ったけど、こんなに寒いとあったまるもんが食いたくなるな。

簡単であったまるもんといえば、やっぱり鍋だろう。

今夜の夕飯は鍋にでもするか。

そう思ってネットスーパーを開いて、鍋つゆを選んでいると……。

「トマト鍋か。前に食ったけど、けっこう美味《うま》かったんだよな。たまにはこういう変わり鍋もいいか。こっちは前に食ったやつだな」

ケチャップやらトマトジュースで有名なメーカーから出てるトマト鍋のつゆだ。

完熟トマトの甘味とコクのあるスープが具材の野菜や肉とバッチリ合ってなかなかに美味かった。

もう一つは焼き肉のタレが有名なメーカーから出ているものだ。

完熟トマトのスープにバジルを効かせてチーズでまろやかさを出した鍋つゆとのこと。

「こっちも美味そう。両方買って食べ比べしてみるのもいいな」

そう思い、両方購入。

具材はキャベツ、タマネギ、ニンジン、ブロッコリー、シメジ、ソーセージ、そしてコカトリスの肉だ。

コカトリスの肉は一口大に、キャベツはざく切りに、タマネギはくし切り、ニンジンは5ミリくらいの輪切り、ブロッコリーは小房に分けて、シメジは石づきをきってほぐしておく、ソーセージは斜めに切れめをいれておく。

あとは土鍋にトマト鍋のつゆを入れて沸騰したら鶏肉《とりにく》、ソーセージ、ニンジンの順に入れてある程度火がとおったところで残りの野菜を入れて全体が煮えたところにたっぷりとろけるチーズを載せて出来上がりだ。

クツクツ煮えるトマトスープにかかったとろけるチーズがトローリとろけている。

ゴクリ……。

「めっちゃ美味そう」

『おい、出来たのか？』

『早く食わせろ』

『美味《おい》しそー』

匂いに釣られたフェルとドラちゃんとスイが後ろから覗《のぞ》いていた。

フェルとドラちゃんは涎《よだれ》垂らしてるし。

「おいおい、フェルとドラちゃん涎垂れてるから。ってか、涎垂らすなよ、中入っちゃうだろ」

そう言うとフェルもドラちゃんも急いで前足で涎をぬぐった。

そして……。

『よ、涎など垂らしてないぞ』

『そ、そうだぞっ』

だって。

いや、お前らバッチリ涎垂らしてたよね。

『あるじー、お腹減ったー。早く食べよーよー』

「あー、はいはい。ちょっと待ってね」

スイに急《せ》かされて、みんなの前に土鍋を2つずつ置いた。

『2つとも同じものなのか？』

「違う違う。両方ともトマト鍋なんだけど、こっちのはバジルっていうハーブを効かせてあるんだ」

『なかなか美味そうじゃねぇか』

『美味しそーな匂いー』

『ふむ。野菜が多いのはいただけないが、匂いは美味そうだな。とりあえず食おう』

「おう、食え食え。野菜も美味いぞ。あ、鍋物は熱いからみんな気をつけろよ」

フェルとドラちゃんは風魔法で冷ましてから、スイは熱いのもへっちゃらで食い始めた。

『うわぁ～、これ美味しー！』

スイはトマト鍋が大いに気に入ったようだ。

『ぬぅ、早く冷めぬか』

『こういうとき熱々でもいけるスイが羨ましいな』

そんなことをつぶやいたあと、ようやく冷めたトマト鍋にありつくフェルとドラちゃん。

『うむ、うむ、まぁまぁいけるな』

ガツガツ食っておいて何がまぁまぁいけるだよ。

『おお～、こりゃあ美味いわ。このチーズってのとこの赤い汁が絶妙に合ってるな！』

トマトスープととろけるチーズの組み合わせに唸《うな》るドラちゃん。

ま、当然だよね。

トマトとチーズが合わないわけないし。

さ、俺も食おう。

まずは、俺も前に食ったことのあるケチャップやらトマトジュースで有名なメーカーから出ている方だ。

うん、相変わらずの味。

トマトの甘味とコクがあって美味い。

何といってもこのスープととろけるチーズが絡んだ野菜もコカトリスの肉もたまらなく美味いね。

スープも……。

「あ～、染みるわ」

文句なしに美味い。

次は焼き肉のタレで有名なメーカーから出ている方。

「こっちは説明にあったとおりバジルが効いてるな」

バジルが効いたこっちはどちらかというとちょっと大人向け。

子どもも含め万人受けするのはケチャップやらトマトジュースで有名なメーカーから出てる方だろう。

しかし、こっちもトマトスープには変わりないわけで、スープととろけるチーズが絡んだ具が美味い。

「うーん、こりゃどっちも美味いわ。やっぱトマトとチーズの組み合わせは間違いないって。って、これならば……」

俺が取り出したのは、ローセンダールの孤児院で焼いてもらった全粒粉の素朴なパン。

これをトマトスープに浸して……。

「うんうん、思ったとおり美味いわ。トマトスープを吸ったパンめちゃうま」

『ぬ、それ美味いのか？　我も食うぞ』

『俺も！』

『スイもー』

目ざとく見つけたみんながパンが欲しいとリクエスト。

「はいよ。あ、でも、〆《しめ》があるからほどほどにな。今回の〆は2種類用意してあるんだから」

『おお、それは楽しみだな』

『〆って最後のやつだろ？　あれなかなかウメーんだよなぁ』

『楽しみ～』

その後も何度もフェルとドラちゃんとスイがトマト鍋のおかわりをしつつようやく最後の〆へ。

俺が〆に用意したのは飯とパスタだ。

「こっちのスープには飯を入れて少し煮込んで……」

トマトジュースで有名なメーカーから出てる方には冷や飯を入れてリゾット風に。

「こっちのスープにはパスタを入れて少し煮込んで……」

焼き肉のタレで有名なメーカーから出てる方には硬めにゆでたパスタを入れてスープパスタ風に。

野菜とコカトリスの旨味《うまみ》が溶け込んだトマトスープが絡んだリゾットとパスタの〆はフェルとドラちゃんとスイにも大好評だった。

フェルとスイにいたっては、トマトジュースで有名なメーカーから出てる方にパスタ、焼き肉のタレで有名なメーカーから出てる方に飯と逆バージョンもしっかり楽しんでいたよ。

腹いっぱいになっていい具合に体もあったまった俺たちは、明日に備えて俺の土魔法で作った寝床となる箱型の家の中で布団にくるまって早めに就寝した。

◇　◇　◇　◇　◇

朝食を済ませて、いざ山へとなったわけだけど……。

「これ、どうやって登るんだ？」

ゴツゴツとした岩肌がむき出しの急斜面の山。

登山に縁のなかった俺にはこれを登れる気がしないんだけど。

『フン、造作もないことよ。お前はいつものように我の背に乗っていればいい』

「まぁ、そういうことなら」

フェルが自信満々に言うから、いつもどおりフェルの背へ。

スイはもちろん革鞄の中だ。

『んじゃ、俺は先に行ってるかんな』

ドラちゃんはそう言って先に件《くだん》の洞窟へ向かうべく飛んで行った。

『我らも行くぞ』

そう言うと、フェルが勢いよく飛び出した。

「えっ、ちょ、ちょい待て……、ギャァァァァーーーッ、登るってこういうことぉぉぉぉぉっ」

フェルはフェルだった。

岩肌がむき出しの急斜面をものともせずに、平地を駆けるように猛スピードで駆け抜けていった。

………………

…………

……

「し、死ぬかと思った……」

ようやくフェルが止まったのは洞窟がある絶壁の手前だ。

『まったく、耳元で喚《わめ》いてからに。うるさいぞお主』

「喚いてって、喚きたくもなるわっ」

『フン、情けないのう』

情けなくって悪うございました。

怖いものは怖いんだよ。

延々と上るジェットコースターみたいで生きた心地がしなかったんだからな。

ジェットコースターには絶対乗らない主義の俺に無理やりこんな経験させたんだから謝ってほしいくらいだぜ。

「ここまで来たのはいいけど、これはさすがに無理だろ」

目の前に立ちはだかるのは見事なまでの断崖絶壁。

麓から見るのと眼前で見るのとでは大きく違う景色に圧倒された。

『おーい、何やってんだー！　ここだぞー！　早く来いよー！』

ほんのかすかな小さな粒にしか見えないドラちゃんからの念話。

『うむ、今行くぞ』

「ちょちょちょちょちょっ、今行くって、無理でしょこれは。諦めて帰ろう」

盗賊王の宝には興味あるけど、この断崖絶壁を目の前にしたら無理としか言いようがないでしょ。

『何を言っている？　これだけ足場があるのだ、登るのは簡単だ』

…………は？

足場？

この断崖絶壁に？

「オイオイ、フェルってば目が悪いんじゃないか？　この断崖絶壁のどこに足場があるってんだよ？」

『むぅ、あれほどあるだろうが。お主の目こそ節穴か？』

「えー、どこに？」

食い入るように見てもやっぱり断崖絶壁。

足場になるようなところなど皆無だ。

『ハァ、もういい。乗れ』

「エェ？」

『いいから乗れっ』

フェルの鼻先で押されて仕方なく再びフェルの背に乗った。

すると、フェルがピョンッと軽やかにジャンプした。

「え？」

10メートル近く跳び上がったところで、とても足場とは言えない小さな突起に器用に足をついてそこからさらに上へと跳び上がった。

「#$○&♪×¥▲◎ーーー！！！」

驚き過ぎた俺の口から飛び出すのは声にならない叫び声。

そんな俺にはお構いなしで、フェルは同じようなジャンプを繰り返していく。

『やっと来たか』

ようやくたどり着いた洞窟の入り口でドラちゃんがお出迎えだ。

『待たせたな』

『おい、こいつ腑抜《ふぬ》けた顔して、どうしたんだ？』

フェルの背の上で力なく臥《ふ》せっている俺を見てドラちゃんがそう言った。

『此奴が根性なしというだけだ』

「うう……」

〝フェル、それはないだろ。俺とお前らを同列に考えるなよな！　俺は普通の人間なんだからっ〟

本当ならこう言いたいところだ。

でも今はそれを言葉にする気力もない。

『おい、早く降りろ』

そう言ってフェルが体を揺すった。

力の入らない俺がベシャッと落ちる。

痛い……。

もうちょっと優しくしてくれたっていいじゃないか。

「うう～……」

ああ、ダメだ動けない。
力が入らないよ。
『おーい、しっかりしろよなぁ』
『着いたのー?』
……………俺、一応お前たちの主《あるじ》なんだよな。
時々だけど、お前たちの俺への扱いがひどいときがあると思うんだけど。
スイちゃんも洞窟に夢中になる前に俺の心配してくれると嬉しいな。
『おい、何を腑抜けている。さっさと立て』
「う……」
そんなこと言ったって力が入らないんだって。
というか、俺の顔を踏むのはヤメレ。
『おい』
ムギュ――――。
「うぅ……、か、お、踏むな…………」
『ダメだこりゃ。こいつが復活するまでここで足止めだな』
『まったく此奴は』
『あるじー、大丈夫ー?』

全然大丈夫じゃないよ、スイちゃん。

結局俺が復活するまでには、しばしの時間を要した。

「ふぅ、やっと動けるようになってきた」

『やっとか。おい、お主のせいで時間を食ったおかげで、腹が減ったぞ』

『俺もだ』

『スイもお腹減ったー』

「俺のせいって、違うだろうが……」

『む、何か言ったか？　早く飯だ、飯』

そもそもは全部フェルのせいだろが。

あんな無茶な登り方してここまで来たお前が悪いんだからなっ。

「ぐぬぬぬぬ」

フェルのバカヤロー！

と言いたいけど、仮にも伝説の魔獣に向かっては言えない小心者の俺であった。

そんなやり取りのあと、再び急かされて飯の用意を。

作り置きしておいたピリ辛肉野菜炒《いた》めで丼を作る。

「はい、ピリ辛肉野菜炒め丼」

『お、美味そう』

『わーい』

『おい、我の分肉が少なくないか？』

「…………普通だろ」

◇　◇　◇　◇　◇

腹ごしらえも終わっていよいよ洞窟に突入だ。

岩肌がむき出しのこれぞ洞窟という感じの横穴にフェルを先頭にして入っていく。

だんだんと暗くなっていく洞窟。

「ちょっと待って」

『何だ？』

「いや、ダンジョンと違って真っ暗だから電気つけるよ」

俺はアイテムボックスから、以前ネットスーパーで買った懐中電灯を取り出してスイッチを入れた。

「うおっ」

懐中電灯で照らされた先に骸骨が横たわっていた。

「びっくりしたー。ドラちゃんが言ってた骸骨か」

『ああ』

ボロボロの革鎧やローブを纏《まと》った3体の骸骨。

その傍《そば》には、同じく時を経て柄がボロボロの錆《さ》びた槍が散乱していた。

「槍でグッサリか。地味に嫌な罠だな」

多数の槍が飛び出してくる罠なんて、よっぽど反射神経が良くなきゃまず避け切れないだろう。

『槍など防げばいいだけではないか』

『そうだよな。それか避ければいいだけだ』

「フェルもドラちゃんも簡単に言うけど、みんながみんなフェルやドラちゃんみたいじゃないんだぞ」

骸骨を見て、次は我が身かもとブルリと震える。

「そうだ、ここからは罠があるってことだろ。大丈夫かな？」

罠にかかって死んだなんてことになったらシャレにならないぞ。

『お主には完全防御のスキルがあるだろう』

「いやそうなんだけどさ、フェルが言ってたじゃん。これは、敵意ある者からの攻撃を完全に防御するスキルだって。だからダンジョンは大丈夫だって言ってたけど……、ここダンジョンじゃないよな」

『まぁそうだが、人が仕掛けた罠とて同じようなものではあるのだから大丈夫だとは思うが……』

「思うって、俺の命がかかってるんだけど。それで死んだら絶対に化けて出るからなっ」

『むぅ、それならば我の結界をかけておく。ついでにドラとスイにもだ』

『お、ありがとよ』

『フェルおじちゃん、ありがとー』

「助かった、これなら安心だ。フェル、ありがとな」

『うむ。人が作った罠であれば壊れるようなことはないだろうから安心しろ。しかし、お主ももう少し強気ならいいのだがなぁ』

大きなお世話だよ。

俺は慎重派ってだけなの。

『先に進むぞ』

「ああ」

フェルを先頭にして、俺たち一行は洞窟の奥へと進んでいった。

◇　◇　◇　◇　◇

カンッ、カンッ、カンッ、カンッ、カンッ――――。

無数のビー玉大の石がフェルの施した結界にぶつかって騒々しい音を立てた。

『またかよー。盗賊王とやらはよっぽど宝を渡したくなかったんだろうなぁ。ダンジョンでもこんな数の罠はないぜ』

ドラちゃんが呆れたようにそう声を上げた。

洞窟に入ってからは、罠に次ぐ罠の連続。

壁から槍が飛んできたり、業火の炎が噴出してきたり、ギロチンみたいに鋭い刃が天井部分から落ちてきたり……。

とにかく様々な罠が数多く仕掛けられていた。

しかも、そのどれもがかかったら即死な罠ばかり。

「これフェルの結界がなかったらマジでヤバかった……」

確かに俺には完全防御があるけど、フェル曰く『大丈夫だとは思う』だからな。

『思う』だぞ『思う』。

効くかどうか試してダメだった場合は即死決定。

そんな怖いことできないって、これ。

それくらい凶悪だぞ、ここの罠。

『確かになぁ。俺やフェルやスイなら気張っていけばなんとかなりそうだけど、お前は死んでたかもな』

俺のつぶやきを聞いていたドラちゃんがそんなことを言った。

しかし……。

「ドラちゃん、死んでたかもなんて簡単に言わないでくれよなぁ」

『ハハハ、悪ぃ悪ぃ』

『我としても結界をかけておいたのは良かった。避けられないわけではないが、これだけの数があるとさすがに面倒だ』

あまりの罠の多さにフェルもうんざりした顔だ。

『楽しんでんのはスイだけだな』

「うん」

『スイは実に肝の据わったスライムだ』

上からドラちゃん、俺、フェル。

みんなして最後尾からついてくるスイを見やる。

スイはポンポン飛び跳ねて楽しそうにしている。

『みんな、どうしたのー？　早く行こー。次はどんなのかなぁ』

スイの感覚としては、この凶悪な罠の数々も遊園地のアトラクションのようなものなのかもしれない。

楽しそうに自分から罠に突っ込んで行ったりもしてるし。

さすがにスイが天井部分から酸のような液体が降り注いでいるところに突っ込んで行ったときは

肝が冷えた。

スイ自身は、その酸性の液体を全部自分の身に取り込んでケロッとしていたけどな。

驚く俺たちを見て『ここ面白いねー!』とか言ってさ。

スイが規格外というか特殊個体だというのは重々分かっていたけども、実にたくましく育ってくれている。

「まぁ、スイだからな……」

『ああ』

『うむ』

それでもスイだからで何となく納得してしまう俺たちだった。

「それにしても、まだその盗賊王とやらが宝を隠した場所に着かないのか?」

洞窟の中を大分進んできたと思うんだけど。

『少し先に部屋のようなものがある。そこがそうだろう』

『やっと盗賊王の宝が見られんのか』

コツッ――――。

何かを踏んだような音のあとに……。

ガラガラと音を立てて足元が崩れていった。

「え? うわぁぁぁぁっ」

『む』

俺が落ちる寸前にフェルが襟元をくわえて引っ張りあげてくれた。

床にへたり込む俺。

「あ、危なかった……」

『罠は罠でも落とし穴では我の結界でもどうしようもないからな』

攻撃を防ぐことはできても落ちることは防げないということらしい。

『おいおい、気を付けろよな』

「ドラちゃんは飛べるからそういうことが言えるんだよ。気を付けろったって、こんなの気を付けようがないんだからなっ。……って、あれ？　スイは？」

『あっ、もしかして落ちたか？』

『うむ。穴の底にスイの気配があるな』

「エエッ!?　スイが落ちた？　スイーーーッ！」

ギョッとして穴の中を覗き込んで、スイを呼んだ。

「暗くてよく見えない。スイは大丈夫なのかっ!?」

『騒々しいな。しっかりとした気配もある。大丈夫だ』

『スイがこんなんで死ぬわけねぇじゃん。ったくよー』

「そうは言うけどさ」

『あるじー』

「スイ!?」

心配していると、穴の底からポンポンポンポンと壁と壁をゴムボールのように飛び跳ねながらスイが上がってきた。

そして、俺の目の前へと着地。

『面白かったー!』

「え?」

スイ曰く『んとね、ピューッて下に落っこちてくのが面白いのー』だそうだ。

下に落ちるってことはかなりの衝撃を受けたはずなんだけど、スイに大丈夫なのかって聞いたら『何ともないよー』という答えが返ってきた。

『だから大丈夫だと言ったろう』

『だよな。スイがこんなことでどうにかなるはずねぇのによ』

ぐっ、フェルとドラちゃんはそう言うけど、スイはまだ生まれて1年も経ってないんだぞ。

生まれてからそんなに経たないうちから一緒にいる身としちゃ心配するよ。

『先を急ぐぞ』

あまりの罠の多さに辟易《へきえき》してるフェルは、さっさと宝を見つけて終わりにしたいようだ。

そこからいくつかの罠を掻《か》い潜《くぐ》って進んでいったところでようやく宝がある場所の手前へとたど

り着いた。

『この壁の先に広い空間がある。そこに宝があるのだろう』

「この奥が宝がある部屋ってことか。でも、この壁はどうすんだ？」

『フン、壊せばいいことよ』

フェルが自信満々なその言葉とともに歩を進めると。

ガゴンッ――――。

「え？　この音って、また罠っ!?」

ただの岩だと思っていた右側面がゴゴゴーッという音と共に開くと、大きな石の玉がゴロゴロと俺たちに向かって転がってきた。

「最後の最後でこれかよっ！」

盗賊王って奴はどんだけ執念深いんだってんだよ！

『フンッ、小賢《こざか》しいっ』

ザンッ――――。

フェルの爪斬撃《そうざんげき》が直撃した石の玉は易々《やすやす》と粉砕された。

「ふ～、焦ったぁ。フェル、助かったよ」

『これくらい当然だ』

あ、さいですか。

「宝部屋だな」

繰り出された爪斬撃《そうざんげき》によって石の玉と一緒に宝がある部屋へと続く壁も壊されていた。

みんなで宝部屋へと入っていった。

『おお～、金ピカなのがいっぱいだ！』

『ピカピカー』

あふれるほどの金貨と指輪にネックレス、王冠やティアラなど宝石のついた宝飾品の数々。

それが山となって積まれていた。

その宝の山に囲まれたように王様が座るような豪華なイスに座した骸骨が。

「あれが盗賊王か……。死んであの世に宝を持っていけるわけでもないのに、こんなに宝に囲まれても虚《むな》しいだけだと思うんだけどねぇ」

『それだけ欲にまみれていたということだろう』

「じゃ、お宝回収しちゃおう。みんなも手伝ってくれ」

フェルにマジックバッグを渡してみんなに手伝ってもらってお宝を回収していく。

『ヒャッホー』

金貨の山に突っ込んでいくドラちゃん。

『わーい』

ドラちゃんを真似《まね》してスイも金貨の山に突っ込んでいる。

「コラコラ、ドラちゃんもスイも遊んでないで回収しろって」

『ドラもドラゴンだからな。光り物が好きなのだろう』

「あ、やっぱそういうのあるんだ」

『デカいドラゴンみたいに収集癖があるわけじゃないけど、こういう光り物は嫌いじゃないな』

「へー、じゃ、こん中から気に入ったのあったら持っていっていいぞ。この辺のネックレスとかならドラちゃんでも身につけられるんじゃないか？」

俺が差し出したのはミスリルのチェーンに大粒のダイヤモンドがついたネックレスだ。

これならドラちゃんでも首に下げられるんじゃないかな。

『うーん、嫌いじゃないけど結局邪魔になるだけだからいいや』

「そうか。んじゃま、みんな回収作業よろしくな。おれはあっちの方から回収してくから」

俺は、フェルとドラちゃんとスイの回収場所の反対側からお宝の回収を始めた。

「何やらわからんものもあるけど、この辺は魔道具の類か？」

魔法陣の描かれた板やら、怪しげな箱、マジックバッグのようなものもある。

数が多いので、とりあえず片っ端からアイテムボックスにしまっていく。

「はっ？　何でこの字が使われてんのっ!?」

アイテムボックスにしまおうと手に取った石板。

そこにはこの世界ではありえない文字が書かれていた。

冒険者ギルドからの指名依頼を受け、それを無事にこなしてカレーリナの街へと帰る道すがら。

依頼の達成報告は、すでに冒険者ギルドへしているし、急いで帰る必要もないかとちょっと寄り道していくことにした。

気になっていた塩の街メルカダンテ。

岩塩が特産品で、その質の高い岩塩は、角のないまろやかな味わいで、この世界でも高級品として取引されていた。

その岩塩目当てに、俺たち一行はメルカダンテの街を訪れていた。

まずは冒険者ギルドを訪れて、この街に来た旨の報告をした。

フェルたちのおかげとは言え、俺も一応Sランク冒険者だからね。

お世話になっているカレーリナの冒険者ギルドのギルドマスターにも、街に寄った場合はできるだけそこの塩漬け案件になっている高ランク依頼を受けてくれって頼まれているし。

そんなわけで、ここメルカダンテの街でも最初に冒険者ギルドに行ったんだけど、なんと俺たちと入れ違いでAランク冒険者パーティーがこの街を訪れていたらしく、その冒険者パーティーが一手に高ランク依頼を受けてくれたようで、今のところ溜《た》まっている高ランク依頼はないとのことだった。

最近大活躍でSランクも間近と噂《うわさ》されている話題の冒険者パーティーだという話で、本人たちもそれを意識してか積極的に高ランクの依頼をこなしてくれたのだとメルカダンテの冒険者ギルドのギルドマスターがホクホク顔で話していた。

俺としてはラッキーと小躍りしたいほどありがたい話だったけど、フェルとドラちゃんとスイは不満顔だった。

そんな顔したって、無いものは無いんだからしょうがないでしょ、君たち。

次に訪れたのは、商人ギルドだ。

要件は、この街の拠点にする一軒家を借りるためだ。

紹介してもらったのは、7LDKと9LDKの家で、家賃はどちらも1週間で金貨60枚だ。

いつも紹介してもらう家よりもどちらも若干小さめではあった。

でも、どちらにしてもうちの一番のデカブツであるフェルがくつろげる大きさはあるから問題ないだろう。

両方見させてもらった結果、どちらにするかはすぐに決まった。

この街での拠点として借りたのは7LDKの物件だ。

商店街に近かったのが決め手になった。

賃料を前払いして、家の鍵をもらう。

この一連の作業も慣れたものだよ。

そんな感じで、ここメルカダンテでの寝床も確保して、俺たちは早速とばかりに商店街に繰り出したのだった。

◇◇◇◇◇

匂いに引き寄せられるように、フェル、ドラちゃん、スイの食いしん坊トリオの足が屋台の集まる一角へ進んでいく。

特産品の塩を買いに商店街に来たっていうのに、すぐこれだよ。

この肉を焼く匂いがいけないよね。食いしん坊トリオの胃を直撃だよ。

当然と言えば当然だが、食いしん坊トリオによる猛烈なおねだりによって、結局は購入する羽目に。

食いしん坊トリオが目を付けたのは、美味《おい》しそうにこんがりと焼かれたコカトリスの肉を出す屋台だった。

かぶりつきで肉の焼ける様子をガン見する食いしん坊トリオにちょっぴり呆《あき》れながらも、こんがり焼けた肉を大量に買い付けた。

うちのみんなが食うとなると、どうしても大量になっちゃうんだよね。

小腹が空《す》いていたから俺も一ついただくことに。

少し焦げ目のついたコカトリスの肉にかぶりついた。

「うっま……」

コカトリスの肉に塩を振って焼いただけのシンプルな料理なのだが、すこぶる美味《うま》い。

皮目はパリッと焼かれていて、肉はしっとりジューシーに仕上がっている。

噛《か》むほどに肉汁があふれ出すその焼き加減は絶妙だ。

その絶妙な焼き加減のコカトリスの肉にこの地の特産品の塩の塩味が加わると、それだけで得も言われぬ美味さになっていた。

『うむ。悪くないな』

『ああ。この少し焦げた感じがたまらんな』

『おいしいね～』

食いしん坊トリオもご機嫌で肉を頬張っている。

「この肉の焼き加減が絶妙だよね～。塩だけでこんなにも美味いなんて」

コカトリスの肉を頬張りながら感心する俺。

「兄さん、嬉《うれ》しいことを言ってくれるね！」

俺の独り言を聞いていたのか、屋台の親父《おやじ》さんがニッコニコで声をかけてきた。

「いや～、本当に美味いですね、これ。皮目はパリッと肉はジューシーで、最高の焼き加減ですよ」

「ま、俺もこの道30年だからね〜」

「塩も当然この街のものを使っているんですよね」

「もちろんさ！　質の良《い》い岩塩はこの街の自慢だからね。しかもだ、その中でも俺の目利きで選んだ良質のものを使ってるのさ」

自慢気に話す親父を見て、それならばリサーチがてらにと特産品の岩塩を買うならばどの店がおすすめなのか聞いてみた。

「そうさねぇ……」

屋台の親父から聞いたおすすめの店は2店舗。

一つは、まぁまぁの品質の岩塩を良心的な金額で売っている店で、もう一つは、少々値段は張るが高品質の岩塩を売っている店だ。

フェル、ドラちゃん、スイもコカトリスの肉を食い終わり、俺たちは早速その2店舗へ行ってみることにした。

まず訪れたのは、まぁまぁの品質の岩塩を良心的な金額で売っているというセーデルホルム商会。

フェルとドラちゃんとスイには外で待っててもらって、俺1人で店に入る。

店にある塩は、屋台の親父から聞いたとおり、まぁまぁの品質だ。

若干の変色はあるものの、これくらいなら許容範囲。砂も混ざってないし、まったく問題ない感じだ。

塩はこちらの世界のものを利用できないかと、いろいろ見て回ったからね。俺もちとうるさいのよ。

中には見て明らかに砂が混ざっているような塩や、これ土も一緒に入っているよねって感じの赤茶色に変色した塩なんかも平気で売られてたりするんだぜ。

しかもだ、そういう塩なのに馬鹿高かったりするのもあってさ。

そういうのもあって、未《いま》だにネットスーパー産の塩を使っていたりするわけだ。

この街は塩が特産品だけあって、さすがにそういうひどいのは見かけないけどね。

それでもだ、道すがらチェックした他の店に比べると、屋台の親父の言うとおり品質の割に良心的な価格設定ではあるだろう。

ここでは、岩塩を砕いて細かくした麻袋（小）1袋分の塩とこぶし大の岩塩の塊2つを購入した。

いい買い物ができたとホクホクな俺は、続けて少々値段は張るが高品質の岩塩を売っているエッジワース商会に向かった。

ここでもフェルとドラちゃんとスイには外で待っていてもらい、俺1人で店に入る。

どちらかというと富裕層向けの店という感じか。店の内装も品がある感じだ。

親父さんの言っていたとおり、少々値段は高いが見るからに高品質の岩塩が置いてある。

砂が混じったり変色しているというような塩は一切見られなかった。

こりゃあネットスーパーで売っている岩塩と遜色ないな。

そう思っていたら、店員さんから味見を進められて味見してみることに。

ほんの少量を舌の上に載せ口に含むと……。

「！」

まろやかな塩味でほのかに旨味《うまみ》も広がった。

「美味しい……」

こっちの世界で今まで見てきた塩が残念なものばかりだっただけに驚きだ。

俺の驚いた顔に、店員さんもしたり顔だ。

余程この塩の品質に自信を持っているに違いない。

いやしかし、これはネットスーパーで買った岩塩よりも美味いかもしれないぞ。

もちろんこれも買いだ。

ここでも細かくした岩塩を麻袋（小）1袋分とこぶし大の岩塩の塊2つを購入。

塩と考えるとそれなりに高い買い物だったけど、後悔は一切ないね。

フェルたちのおかげで、金には困ってないし、飯が美味くなる要素があるならフェルたちも文句はないだろう。というか、グルメで食いしん坊なみんなだから、逆に買えって言うな、きっと。

いや～、ホントいい買い物だった。

屋台の親父さんもイイ店を紹介してくれたよ。

やっぱりこういうのは地元の人に聞いてみるのが一番だね。一番の情報通は地元民だもんね。

ホクホク顔でエッジワース商会を出て、フェルたちと合流する。

『ニヤニヤして気味が悪いな』

俺の顔を見てそんな失礼なことを言うフェル。

「気味が悪いって失礼しちゃうな。いい買い物ができたから嬉しいんだよ。美味い塩だから、飯にも影響するんだぞ」

『なぬ!?』

飯にも影響すると話すと、フェルだけじゃなくドラちゃんもスイも身を乗り出してくる。

「この塩と胡椒《こしょう》を振って焼いたステーキ、どんだけ美味いんだろうな〜」

これだけの塩が手に入ったのだから、その美味さを存分に味わうためにもできるだけシンプルな料理が好ましいだろう。

そうなると、肉が大大大好きな食いしん坊トリオなら、やっぱりステーキだよね。

『よし、今すぐ帰るぞ』

『ああ。帰ったらすぐステーキだ』

『ステーキー!』

「ちょちょちょっ、押すなって」

早く帰ってステーキにありつきたいフェルが頭で俺の背中を押してくる。

それに倣うように、ドラちゃんとフェルに乗ったスイも俺の背中を押してきた。

「ちょっ、みんな押さないのー！」

前につんのめりそうになりながらフェルたちに抗議していると、ゾクリと寒気がした。

誰かから見られているような感覚。

何だろうと思い、周りを見渡すと……。

「ヒッ……」

髭《ひげ》もじゃでがっしりした体形の小さいおっさん、ドワーフの集団がギラギラした目で俺を見つめていた。

驚いた俺は、フェルたちを連れて逃げるように借家へと帰ってきたのだった。

帰り着いた俺は「何だったんだろう？」とは思ったものの、食いしん坊トリオに急《せ》かされて、ステーキを焼いているうちにドワーフ連中のことは頭から消えていった。

ちなみに、この街の特産品の岩塩とミル引きの黒胡椒を振って焼いたワイバーン肉のステーキは、フェル、ドラちゃん、スイの食いしん坊トリオも恍惚《こうこつ》の表情を浮かべるくらいに美味い物だったと言っておこう。

◇　◇　◇　◇　◇

翌日、ドワーフ連中のことなどすっかり忘れていた俺は、フェルたちを連れて、予想以上に美味かった岩塩を追加で仕入れに商店街へと来ていた。

俺やみんなが気に入ったのは、ちょっとお高めなエッジワース商会の岩塩だ。

そのエッジワース商会で、昨日の3倍の岩塩を購入した。

ちょっと多いかもしれないけど、俺たちの分をさらに確保したのと、家で待っているみんなへのお土産、というか食事を一手に担うテレーザとアイヤに渡してもいいかなと思ってさ。

なんと言っても塩は必需品だし、ここの良質な塩を渡せば、より一層豊かな食生活になるだろうからね。

そんな感じで塩の追加購入を済ませ、あとは商店街をブラブラ見学でもしようかと思っていた矢先、再びの悪寒が。

恐る恐る周りを見渡してみると……。

「ヒェッ」

昨日と同じドワーフの集団が、俺をギラギラした目で見つめていた。

というか、若干人数増えてるじゃん。

何だよも〜。

フェルを盾にして、その巨体の陰に隠れながらドワーフ集団の横を通り過ぎる。

ドワーフ集団からある程度離れたところで、ホッと息を吐いた。

『おい、彼奴《あやつ》らはなぜお主を睨《にら》んでいたのだ？』

「知らないよ。こっちが聞きたいくらいだよ」

『おいおい、お前自分で気付かないうちになんかしたんじゃねぇのかぁ？』

「そんなことしてないよ！　多分……」

自分で気付かないうちにって言ったって……。

ドワーフに目を付けられるようなこと、俺は絶対にしていないぞ。

だいたいこの街に知り合いなんていないし、ここに着いてからも俺が接した人は両手の指で足りるくらいなんだから。

その中にドワーフは1人もいなかったしさ。

そもそもほんのちょこっと話しただけで、あんな風に見られるほどのやらかしをするわけがないんだよな。

考えれば考えるほど分からなくなってくるな。

ドワーフと言えば物作りと酒。

それ以外でドワーフに目を付けられるなんてことはないような気がするんだけど、だからこそ余計に訳が分からない。

この街に来てドワーフと接してもいないし話さえもしていないんだから、物作りでも酒でも目を付けられるはずが………。

「あ！」

もしかして、あれか？　あれのことなのか!?

俺が趣味でやっている酒店。

趣味でやっているから、いつ開くかどこで開くかも俺次第だ。

現状では、訪れた街で時間のある時や、俺の気分がノッている時に開いている。

売っている酒がネットスーパーのテナントにあるリカーショップタナカで仕入れた異世界の酒なのもあって、市井で噂になって騒がれても嫌だしいろいろと面倒だからと、あれこれと条件というか規則を設けてはみたけど、人の口には戸が立てられないというからね。

実際に店に来た人たちの中には、俺が誰なのか知っていた人もいただろうからね。

一応というか、俺も曲がりなりにもSランク冒険者だし。

うーむ。そうやって考えると、俺が趣味でやっている酒店が原因だとしか思えなくなってくるな。

そう考えながら、恐る恐る振り返ってドワーフ集団がいた方を見た。

まだいるー。そして、まだこっちを見ているー。

意を決して、酒を飲むような仕草をしてみると……。

ドワーフ集団全員がカッと目を見開いてウンウンと高速で頷《うなず》いていた。

………あー、やっぱ酒なのかぁ。

原因が分かって拍子抜けだ。

とは言え、ドワーフの酒に対する執念は恐るべしだね。

この街では酒店を出す予定はなかったんだけど、これで出さなかったら、あのドワーフ集団全員が慟哭《どうこく》すること間違いなしだよ。

その姿がありありと想像できて苦笑い。

しょうがない、久々に酒の店を出すか。

さすがに準備があるから、今晩というわけにはいかないけど、明日の晩に出店できるよう進めていくか。

俺は、商店街での買い物もそこそこに、酒店の出店準備に取り掛かることにしたのだった。

◇◇◇◇◇

『それじゃあ我らは奥の方で寝ているぞ』

「ああ」

今回も倉庫を借り上げての店舗開店だ。

倉庫というのはだいたいが街の外れにあるから、警護にフェル、ドラちゃん、スイをお供にやって来ている。

この街で酒店をやるつもりはなかったから、最初はフェルたち（特にフェル）が面倒だって渋ってたけど、久しぶりにドラゴンステーキを出してやったらコロッとヤル気に。

ドラゴンの肉がそれだけ美味いってことなんだけど、世界に名だたるフェンリルがそれでいいのかとちょっと複雑。

まぁ、この街特産の岩塩と黒胡椒をかけて焼いたドラゴンステーキは一瞬言葉を忘れるほどの美味さだったけどさ。

それはいいとして、急いで開店準備だ。

木製のテーブルの上に、リカーショップタナカで仕入れたウイスキー、ブランデー、ウォッカ、ラム酒、ジン、ワイン、ビール、日本酒、梅酒などを並べていく。

これは試飲用だ。こちらにはない酒ばかりなので、味が分からないと買いようがないだろうからね。

この街の連中は、本当に待ちに待っていたという感じだったようなので、こちらも今までで一番酒の種類を取りそろえた。

ただ、ドワーフ連中は片っ端から全部試飲していくから、試飲用なのに毎回空ボトルがわんさか出るのがあれなんだけどね。

それから、思いつきなんだけど、今回は新しい試みを考えている。

ウェルカムドリンクにこの街特産の岩塩を使ったカクテルを出そうかなってね。

それも今から用意しようと思う。

材料は準備してあるから、あとは作るだけだ。

カクテルとは言ってても、シェイカーを使ってというようなものではない。

俺でも十分に作れるもので、実際たまに飲みたくなって自分でも作っていたしな。

用意したのは、ネットスーパーで購入した無色透明のロックグラス。

そのグラスのふちにレモンをこすりつけて湿らせていく。

そうしたら、この街で買った岩塩を平らな皿に広げて、グラスのふちを押し付けて塩を付ける。

スノースタイルってやつだな。

塩の付いたグラスに、フェルに頼んで作ってもらっていた氷を入れる。大きさは、グラスに合う大きめのものを一つだ。

小さいのを入れると、溶けるのが早くて水っぽくなるから、俺はいつもそうしている。

グラスに氷を入れたら、ウォッカとグレープフルーツジュースを1対2の割合で入れて軽くステアすれば完成だ。

「うん、イイ感じに作れたな。ソルティドッグ」

俺の味見用のものと、店を訪れることができる最大人数の11個を作った。

「味の確認確認」

ただ飲みたいだけともいうけど。

久々に飲むソルティドッグ。

「うん、完璧」

VODKA
40%

おっと、飲みすぎ注意だ。

ソルティドッグって美味いし飲みやすいから、ついついどんどん飲んじゃうけど、これって割とアルコール度数高いから。

何せベースがウォッカだからね～。

俺なんてソルティドッグの飲み過ぎでやらかしたことがある張本人だし。

家飲みだったからよかったものの、ソルティドッグの飲み過ぎて、へべれけに酔っぱらって気が付いたらトイレで寝てたことがあるっていうね。

頭は痛いし、何でトイレで寝てるんだよってバツが悪いし、何とも言えない気分だったよ。

それ以来、ソルティドッグには気を付けている。

特に今日は、お客様の相手をしなきゃならないしね。

「さてと、準備完了。あとは、お客様が来るのをイスに座ってゆっくり待ちますか」

イスに座ろうとすると、ドンドンと倉庫の扉を叩《たた》く音が聞こえてきた。

待つ間もなくお客様がやってきたようだ。

「合言葉は？」

取り決めどおりに合言葉を聞く。

「あつぎりねぎしおたん」

低い声で今回の合言葉が発せられた。

こっちの人は何の意味か分からない合言葉。考えるのが面倒だから、合言葉は焼き肉シリーズで定番化してるんだよ。

扉を開けると同時に雪崩《なだ》れ込んでくるドワーフ集団。

店のことを伝えられた1名+その紹介者10名、制限いっぱいの11人だ。

「やっと、やっとじゃ」

「く～、儂《わし》はここに来るまでは死ねんと思っておったんじゃ」

「酒じゃ酒じゃ」

「今日は買いまくるわい」

「こんな機会そうそうない。家から金をかき集めてきたぞい」

そんな言葉とともにワイワイ騒ぐドワーフ集団に声を掛ける。

「ようこそいらっしゃいました。まずは、歓迎の印としてこの街特産の岩塩を使ったカクテルをご用意いたしましたのでこちらへどうぞ」

用意してあった、食堂に置いてあるような特製の長テーブルに人数分の丸イスを置いてある所へご案内。

皆さんに座ってもらい、アイテムボックスにしまってあったソルティドッグを出していく。

「ほ～、グラスのふちに塩が付いているぞ」

「果汁と割った酒か。女子が好きそうな酒じゃな」

「そんなことより、この透明なグラスじゃ。いい仕事しておるぞい」

これまた騒ぎ出す小さいおっさんたちにこれだけは言っておかないとと「見た目と違い割と酒精が強いですから、注意してくださいね」と言うが……。

人の言葉を聞かずに全員一気飲みしやがった。

「プッハー。スッキリして飲みやすいのう！」

「うむ。果汁と割っているからか爽やかな飲み口じゃのう」

「酒精の強い酒へ行く前の準備運動にはもってこいじゃわい」

ソルティドッグを一気飲みして、ワイワイ感想を言い合うおっさんたちにガックリする俺。

そうだ、そうだったよ。

ドワーフってこういう人たちだったわ……。

気を取り直して、酒を購入するまでの説明を。

一応出している酒は全て試飲が可能なこと。

試飲は一つの酒について一度だけ。これは、あとから加えたルールだ。

試飲ＯＫにしたら、何度も同じ酒を試飲する輩《やから》が出て、一つの酒について一度だけにした。

後試飲用のグラスは、ソルティドックのグラスと同じくらいの大きさのロックグラスで。

最初はショットグラスにしていたんだけど、ドワーフ連中からすこぶる不評でさ。

それでロックグラスにしたんだけど、量は半分までと決めている。

試飲して気に入った酒は、一つの酒につき1人10本まで購入可能なことを説明した。

そして最後に、「この店のルールのことは十分ご承知のことと思いますが、ルールを厳守していただきますよう重ねてお願いいたします」と念押し。

まぁ、酒の入手先を追及したりと余計なことを聞かずに、大人しく酒を楽しめということだ。

神妙な顔をして「うむ」と頷くおっさんたちだが、試飲用のグラスを渡した辺りから目をギラギラさせてソワソワしているの知っているんだからな。

酒は逃げないんだから落ち着けっての。

「では、試飲を始めます」

っと、ドワーフ連中は聞きゃあしないかもしれないけど一応これも言っておかないとね。

「今回ご用意した酒は比較的酒精が高いものが多いのですが、皆さんから向かって右側にある酒はその中でも酒精の高い酒が並んでいますのでお気を付けを」

右側に並べているのはウイスキー、ブランデー、ラム酒、ウォッカ、ジンの類だ。

ドワーフ連中にはウイスキーが人気だし、どうしてもアルコール度数が高いものが多くなってしまっているんだけどね。

「それでは頼む」

今回のお客は事前に打ち合わせでもしていたのか、バラバラに試飲を頼むのではなく並んでいる物を順々にみんなで試飲していくつもりのようだ。

それはいいんだけど、さっき注意したのに、アルコール度数が高い右側から試飲していくつもりってどういうことよ。

まったくもう。

しかも偶然なのか、ドワーフ一番人気のウイスキーからだ。

スコッチウイスキーの名門でシングルモルトの最高峰とも言われている。

こんなの飲んだらますます勢いづくんじゃと思いながらも、全員のグラスに注いでいく。

「ドワーフの皆さんに高評価なウイスキーという酒の一つです」

これもカパカパと一気飲み。

もうちっと味わって飲めっての。

「香りがええの〜う」

「く〜、美味い！」

「濃厚な味わいが何とも言えぬのう」

「美味すぎる……」

恍惚の表情を見せる小さいおっさんたち。

我に返ると次の酒を試飲だ。

それを繰り返して……。

……………

…………

……

「いやぁ～、良い物が買えたわい」

「クゥ～、何で儂もっと金を持ってこんかったのか！」

「儂なんて、この日のために店に置いてあったミスリルの剣を売っぱらったからのう。いい買い物ができたわい」

「全部、全部ほしかったのう。残りを手に入れるまで死ぬに死ねんわい」

「儂はウイスキーが気に入った。ウイスキーは全種類買ったわい」

は～、疲れた。

買う物買ったら帰ってくれませんかね……。

嬉しそうに話すドワーフ連中の横には、どっと疲れた俺。

「それじゃああありがとうのう！」

「実に楽しい日じゃったぞ！」

「またこの街に来てくれな！」

口々にそんなことを言いながら、持ち込んだ木箱を大事に抱えたドワーフたちが倉庫を出ていった。

見送りに外に出て顔を引き攣《つ》らせた俺。

「馬車で来てたんかい……」

木箱を持ち込んでいたのは見たけど、まさか馬車で来ていたとはね。

用意周到すぎるよ、あんたたち。

ホクホク顔で帰っていくドワーフ連中をお見送りして、どっこいしょとイスに座る。

「少し休んでから片付けよ。しかし、まさか本当に全員が全種類試飲するとはねぇ……」

テーブルの上には空になったボトルが並んでいた。

「今回は今までで一番数揃《そろ》えたから、さすがに全部空になるとは思ってなかったよ。まったくドワーフの肝臓ってどうなってんだろ」

酒好きドワーフ恐るべしと改めて思う俺だった。

あとがき

江口連《えぐちれん》です。「とんでもスキルで異世界放浪メシ　9　ホルモン焼き×暴食の祭典」をお手にとっていただきまして、本当にありがとうございます！

早いものでもう9巻になります。「とんでもスキルで異世界放浪メシ」が発刊されて、もうすぐ丸4年が経《た》ちます。このシリーズをこんなに長い間出させていただけるとは夢にも思いませんでした。このシリーズがここまでこられたのも、読んでいただいている読者の皆様のおかげだとひしひしと感じております。読者の皆様には本当に感謝しております。

9巻は、ドロップ品がほぼ肉のみというローセンダールのダンジョン、通称〝肉ダンジョン〟でのお話がメインです。肉に目がないお肉大好きなフェル、ドラちゃん、スイの食いしん坊トリオがここぞとばかりにハッスルします（笑）。

ローセンダールの孤児院の子どもたちとのふれあいもあり、ほっこりする場面も。その辺もお楽しみいただければなと思います。

そして、今回もこの書籍9巻と本編コミック6巻、スイが主役の外伝「スイの大冒険」の4巻が同時発売となります！

本編コミックも外伝も大好評で、原作者としても嬉《うれ》しい限りです。

改めて言う必要もないかもしれませんが、本編コミックも外伝も、どちらも面白さ満点です！

是非ともこちらもお手にとってみてください。掛け値なしに気に入ること間違いなしです！

イラストを描いてくださっている雅《まさ》先生、本編コミックを担当してくださっている赤岸《あかぎし》K先生、そして外伝コミックを担当してくださっている双葉《ふたば》もも先生、担当のI様、オーバーラップ社の皆様、いつもいつも本当にありがとうございます。

最後になりましたが、皆様、これからもムコーダとフェル、ドラちゃん、スイののんびりほのぼの異世界冒険譚《たん》「とんでもスキルで異世界放浪メシ」のＷＥＢ、書籍、本編コミック、外伝コミックともどもこれからもよろしくお願いいたします。

10巻でまたお会いできることを切に祈っております。

とんでもスキルで異世界放浪メシ 9
ホルモン焼き×暴食の祭典

発行 2020年9月25日 初版第一刷発行
2023年11月6日 第四刷発行

著者 江口 連
イラスト 雅
発行者 永田勝治
発行所 株式会社オーバーラップ
〒141-0031 東京都品川区西五反田 8-1-5
校正・DTP 株式会社鷗来堂
印刷・製本 大日本印刷株式会社

ISBN 978-4-86554-745-0 C0093

【オーバーラップ カスタマーサポート】
電話 03-6219-0850
受付時間 10時～18時（土日祝日をのぞく）

作品のご感想、ファンレターをお待ちしています

あて先：〒141-0031 東京都品川区西五反田8-1-5 五反田光和ビル4階 ライトノベル編集部
「江口 連」先生係／「雅」先生係

スマホ、PCからWEBアンケートにご協力ください

アンケートにご協力いただいた方には、下記スペシャルコンテンツをプレゼントします。
★本書イラストの「無料壁紙」 ★毎月10名様に抽選で「図書カード（1000円分）」

公式HPもしくは左記の二次元バーコードまたはURLよりアクセスしてください。
▶ **https://over-lap.co.jp/865547450**
※スマートフォンとPCからのアクセスにのみ対応しております。
※サイトへのアクセスや登録時に発生する通信費等はご負担ください。

オーバーラップノベルス公式HP ▶ **https://over-lap.co.jp/lnv/**